願いを叶える雑貨店

黃昏堂

心想事成雜貨店

1

桐谷直 著　詹慕如 譯

序曲 PROLOGUE

——喂，你聽說那間奇怪的店了嗎？

——聽說了、聽說了。好像賣很多不可思議的道具？

——不可思議的道具？

——有人偶然在匿名的學校網路論壇看到貼文，提到那間店的風聲。

——喔，我也聽說了。就是那間賣很多可疑破銅爛鐵的店，對吧？什麼下詛咒的符咒之類的。

——可以看見鬼魂的眼鏡，還有心願貼紙，貼在想要的東西上，那東西就會變成自己的。

——太誇張了，這是什麼破銅爛鐵啊？這就是所謂「都市傳說」吧？（笑）

——還有吹氣漲大之後，會變得栩栩如生的人型氣球、測謊雷達……

——怎麼可能有這種東西啦，難道是魔法嗎？（笑）

——聽說二班田中他朋友的朋友的表弟碰巧發現，還買了耶。

——真假？不會吧？

——這種風聲真是蠢斃了。什麼碰巧，誰相信啦。

——我想去看看耶！那間店在哪裡啊？

——好像就在學校附近。

——在商店街後巷吧？

——聽說在車站後面。一條窄路後方，有一扇裝了很多齒輪的大門。

——地圖上沒有記載，想找也找不到。只有幸運的不幸者、不幸的幸運者才能在黃昏時找到這間店。店裡有位奇妙的店主，肩上停著一隻黃銅鳥，顧客必須割捨一段回憶來換取無法退貨的奇妙商品。店名就叫「黃昏堂」。

——「黃昏堂」……不過我剛剛就一直想問了……你是誰？

目次

contents

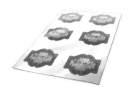

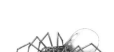

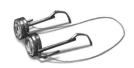

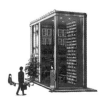

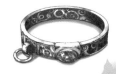

姓名貼紙

想要的東西有好多，真正能獲得的東西卻那麼少。

理沙心裡有很多未滿足的願望清單。漂亮的衣服、可愛的用品，還有最新的漫畫、遊戲、寵物。朋友有的東西她都想馬上擁有。

「媽，十二歲的生日禮物買手機給我！結衣也有手機了。這樣去才藝班或者有什麼緊急狀況，都很方便聯絡啊。」

正忙著準備早餐的母親停下手，無奈地說：

「理沙妳這個什麼都想要的毛病又開始了。聯絡用的行動電話不是已經有了嗎？上面還有緊急通報按鍵，這樣就夠了吧？」

「那手機只能登錄三個聯絡人，根本就是像玩具一樣的兒童手機啊！我明年

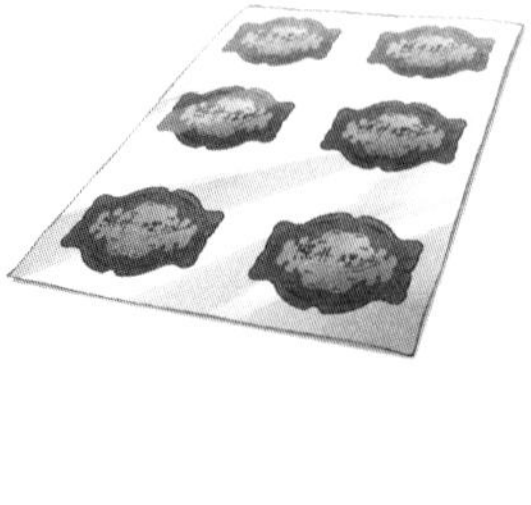

就上國中了，要是被朋友看到超丟臉的。大家都用最新的手機耶！」

「大家是誰？妳說說看有哪些朋友啊。」

理沙頓時說不出話來。幹練聰明的母親可沒那麼好搞定。

事實上，班上幾乎沒人有智慧型手機。好朋友當中有手機的，現在也只有結衣一個人。正因為這樣，現在買手機才有意義。如果等到大家都有手機，那就沒得炫耀了啊！

不管是上學途中或者課堂上，理沙滿腦子都是最新款的智慧型手機。

（可以放很多可愛的自拍照片、還可以上傳到熱門的影片網站……）

她越想越覺得智慧型手機是小學女生的生活必需品。

放學後跟結衣一起上完才藝課，走在商店街人行道的回家路上，理沙心裡的「想要」漸漸膨脹到無法自拔的地步。因為她剛剛看到結衣用有漂亮外殼的最新智慧型手機接電話。

理沙悄悄將手提包裡的兒童手機來電設定，換成靜音震動模式。就算媽媽打電話來，她也不想在結衣面前拿出兒童手機。

（同樣是小六，為什麼這麼不公平！我也想要智慧型手機！）

跟結衣道別後沒走多久，一張紙被風吹過來纏在理沙腳邊。她踢開好幾次，那張紙還是像有生命一樣黏著不放。

「討厭啦！這是什麼？」

扯下來一看，是一張看起來很舊的傳單。這顏色應該叫棕褐色吧？她一邊想，一邊看著那張跟筆記本差不多大的傳單。

上面用裝飾文字寫著「黃昏堂」。看來好像是一間店的名字。傳單下方畫著齒輪，還寫著「以驚人低價提供不可思議的雜貨，能立刻實現你的心願」。

（立刻、實現、心願……？）

這幾個字似乎看透了理沙心裡的想法，讓她深受吸引。

不過傳單上沒有地址、沒有地圖，連電話號碼也沒有。開店時間寫著「黃昏時分」。

理沙抬頭看著西邊天空。太陽剛剛西沉，螢光橘跟餘暉夕暮的陰暗開始交融成不可思議的色調。

（所謂黃昏時分指的就是現在這種時候吧？這間店在哪裡呢？）

理沙環顧四周，發現了一個小到差點讓人錯過的狹窄巷弄入口。這條小巷深處，有一扇嵌著巨大齒輪的銅色大門。霓虹燈飾招牌上的白色文字閃閃發亮，隱約顯現出店名。

「黃昏堂」

「就是那裡……！不過這裡原本有商店嗎……？」

再次看看那張傳單，竟然出現了剛剛沒有的一行字。

「僅限一位！【姓名貼紙】。只需寫上姓名，貼在想要的東西上，任何東西都可以變成你的。」

理沙又看了三次。看起來那麼舊的傳單，不知為什麼，特賣日期竟然是今天。

感覺好像身在一個奇妙的夢境裡，莫名有一股難耐的悸動。

（超讚……這超讚的啊。上面還寫僅限一位……我要是不先進去，可能會有其他人發現這間店。）

理沙悄悄觀察了一下周圍，然後下定決心走進那陰暗巷弄深處。

按捺著緊張到噗嗵噗嗵跳個不停的心臟，理沙怯生生地張望著。

陰暗狹窄的店內就像個祕密基地。隱約的機械聲，來自裝在牆上的好幾個齒輪慢慢轉動的聲音。到處散放的時鐘各自顯示著不同時間。有鐘面數字反轉的時鐘、有指針往左邊轉的時鐘。

店裡塞滿了貨架和皮箱，裡面隨意放著筆、筆記本、燈具、陶器、眼鏡、奇奇怪怪的飾品等各式各樣的雜貨。還有些看不出用途的電器產品。桌上放的電腦是理沙從沒看過的形狀，有大大的液晶螢幕和復古圓形按鍵鍵盤，還附有牽牛花形的擴音器。

這裡看起來既像西洋老電影的場景，又像是未來的景象。

低矮天花板吊掛著發出奇幻光芒、大小不等的玻璃球。因為實在太美了，她忍不住想伸手去摸，這時突然傳出一個男人的聲音。

「還沒有乾，別碰到了。那些不是商品喔，這位客人。」

「對、對不起！」

理沙急忙收回手，看著聲音的主人。一個看似店主的年輕男人不知從什麼時候開始在販售台後方直盯著自己。所以後面還有一個小房間嗎？

男人在白色襯衫外，套著工匠風格的褐色皮製圍裙。胸前口袋塞著扳手和螺絲起子等工具。掛在脖子上的古董風護目鏡，左邊是羅盤的形狀，右邊嵌著綠色玻璃。

雖然打扮奇特，但男人的長相卻出奇地端整。他有著一頭略長的黑髮和給人深刻印象的漆黑眼瞳。停在肩膀上的黃銅鳥紅色眼睛發出亮光，微微地顫動。

看似店主的這個男人打量著理沙，說出一句聽起來很不可思議的話。

「妳是被傳單叫來的吧。只有具備強烈願望的人，才能看到那張傳單。」

他從貨架後方取出一張貼紙，放在販售台上。

「這就是【姓名貼紙】。一套六張，使用方法就像傳單上所寫的，只要在這張貼紙上寫上妳的名字，貼在想要的東西上，這麼一來除了妳以外，其他人都看不見這張貼紙，幾乎任何東西都可以變成妳的。」

「……真的有這種聽起來像魔法一樣的效果嗎？」

「真的啊。不過每張貼紙的效果只有一次。這款貼紙有點瑕疵，很容易脫落，請特別小心。不過也是因為這樣價格才能這麼實惠啦。一旦脫落效果就會消失，貼的時候請務必慎重選擇。」

聽起來實在太奇妙了，但是在這間充滿不可思議氣氛的店裡，似乎一切都有可能成真。

「但是這一定很貴吧？其實我沒有多少零用錢……」

「我不收錢。這間店裡的所有東西，都可以用顧客的回憶來支付。這張不可思議的貼紙，現在特價販售，只需要一天份的回憶就可以賣給妳。很划算的。」

「……那個……我不太懂你的意思。要怎麼把我的回憶給你？」

理沙困惑地問道，店主從身後的抽屜取出一個可以放在手掌心大小的無色透明玻璃球，放在販售台上。

「只要閉上眼睛觸摸這顆玻璃球就可以了。這麼一來就會有一天份的回憶進入這裡面，完成妳的支付手續。」

理沙有點害怕地看著那些從天花板垂吊下來的玻璃球。照這樣說來，這些都是來這裡交換奇妙物品的顧客所支付的回憶囉？

「一天份的回憶，是指什麼時候的回憶？過去的？還是未來某一天會失去回憶？如果那是很重要的回憶呢？」

「我會收取到今天現在為止，妳經歷過的回憶當中的一部分。至於要挑選哪個回憶請交給我決定。這就是我們出售商品的條件。」

店主好像看穿了理沙心裡的猶豫。

「【姓名貼紙】正規產品很昂貴，通常不太可能以這個價格出售，這次算是特別優惠。因為店裡剛好缺少妳這個年齡層的少女回憶。」

「你的意思是說這很優惠吧？那我買！如果用我的回憶就可以的話，我買！」

看到馬上動心要買的理沙，店主揚起半邊嘴角，微微笑了笑。

「謝謝惠顧。商品一旦出售既不能退貨，也不接受客訴，還請見諒。那麼請摸著這顆玻璃球，閉上眼睛……」

理沙摸到的那顆玻璃球，在泛著水光的橙橘色上，開始發出一道不可思議的灰色光芒。

那天夜裡。理沙半信半疑地望著房間裡自己書桌上的那套貼紙。這上面的五張貼紙都寫了理沙的名字。她已經把一張貼紙悄悄地貼在姊姊放在客廳的化妝包上。那是上高中的姊姊用打工薪水剛買的，熱門品牌的可愛化妝包。但是貼了貼紙之後，她並沒有覺得化妝包變成自己的。

「一點效果都沒有啊。是不是被騙了啊？對了，我的回憶還在嗎？」

理沙從書桌抽屜拿出記事本翻開。她每天都有記錄下當天發生事情的習慣。她隨手翻著頁面。

「咦？只有今年七月二十七日這頁是空白的。」

前一天二十六日她還畫上愛心圖案寫著：「明天要跟結衣她們一起去逛街。好期待喔！」可是上面卻沒有二十七日的紀錄。

隔天二十八日的頁面上寫著：「昨天真是嚇了一跳。竟然會離那種案發現場那麼近，太可怕了。說不定那個人跟事件也有關係？」理沙歪著頭不解。兩個月前的七月二十七日，自己究竟看到了什麼？她突然有些不安。

就在這時，房門被打開，姊姊走進房間。她把化妝包放在理沙面前，說道：

「這個給妳。妳不是一直很想要嗎？我真的很想給妳用。」

理沙目送馬上轉身離開房間的姊姊，驚訝地合不攏嘴。她看著那個全新的化妝包。

（姊姊怎麼會突然對我這麼說？難道真的是貼紙的效果……？）

隔天，理沙試著悄悄將貼紙貼在同班同學早紀拿到教室來的熱門漫畫上。結果早紀馬上把漫畫遞給理沙。

「這個系列妳也看過吧？不介意的話這本送給妳，昨天我哥哥也買了，現在我家同一集有兩本呢。」

在商店裡把貼紙貼在喜歡的衣服上，媽媽立刻說「這衣服很適合理沙」，買了下來。她平時明明很節儉的啊！大家好像都看不到姓名貼紙的存在。每個貼了貼紙的東西都馬上成為理沙的東西。店主說得一點也沒錯。

不過她在寵物店把貼紙貼在裝有一對文鳥的鳥籠，卻是一次失敗的經驗。爸爸只買了那個鳥籠回來。看來效果似乎沒有擴及到鳥籠裡。

「不過還是好厲害啊！少了一天的回憶根本沒有影響。啊，早知道應該多考慮考慮再貼的，現在只剩下最後兩張了。」

理沙還是很想貼在智慧型手機上。週末到手機行去，貼在最新機種上吧。這麼一來，一定很快就會有人送自己手機了。

星期六下午，理沙拿著一張貼紙在手機行裡到處晃。

（貼上這張貼紙之後，媽媽是不是又會買給我呢……）

要在要價好幾萬的智慧型手機貼上姓名貼紙，她還是有點不知所措。

（……還是不要好了。用這種方法拿到手機，感覺有點愧疚呢……）

她在貼貼紙之前改變了心意。但理沙卻忽然無法動彈。一個身穿灰色外套、眼神銳利的男人，正用力抓著她的手腕。

「妳從剛剛開始一直在店裡鬼鬼祟祟的幹什麼!?跟我到外面車上去說清楚。」

被男人一瞪，理沙不自覺開始發抖。是不是因為自己形跡鬼祟，被手機行的保全人員懷疑了？說不定對方是巡邏警察，專門輔導素行不良的小孩。

理沙嚇得臉色發青，說不出話來，跟男人一起離開了手機行。她很後悔，幾乎要哭出來。貪心要付出的代價實在太大了。

男人指著停在路邊的黑色車子。那一定是便衣警車吧。

「快上車。我要聯絡妳家長，把手機給我。」

理沙眼含著淚，把兒童手機交給男人，乖乖坐進車子後座。

不過幾分鐘後，理沙發現自己陷入了非常危險的處境。因為男人載著理沙很快發動了車子，漸漸駛離市區。

（咦，怎麼搞的？要去哪裡？這個人不是保全或警察嗎？）

男人在不安的理沙面前，拿出自己的手機開始說話。

「喂，是我。還記得七月底那次工作嗎？搶銀行那次。我拿掉變裝面罩逃離現場時不是剛好被一個小學女生撞見嗎？剛剛我碰巧遇見她了。我很會記人臉，不會有錯。人被我帶上車了。我現在要回老巢。嗯，我會想辦法解決的。要是被她說出去那還得了。」

理沙愕然他聽著男人的話。原來這就是從記事本裡消失的七月二十七日回憶。那天跟結衣她們約好了要逛街，正在等大家的理沙碰巧目擊到眼前這個男人從搶銀行現場逃出來的那一幕。理沙並不確定對方就是犯人，但是對自己產生很大威脅的理沙的面貌，男人卻記得清清楚楚。他是不是打算把自己帶走關起來？該不會被殺掉吧？

可怕的想像讓她全身顫抖。車速漸漸加快。車窗被男人鎖上了。理沙想求救，但是手機剛剛被駕駛座的那個男人拿走。理沙的手機有緊急通報的功能，如果發生萬一只要按下按鈕就會接通媽媽的手機同時報警，這樣就可以用追蹤導航通知他們理沙的所在地了，但是……

（怎麼辦？再這樣下去就糟了。要怎麼做才能得救？）

理沙看著後視鏡中男人冷酷的表情，一邊絞盡腦汁思考。她害怕到幾乎無法集中精神。車子開過郊外。前方是杳無人煙的山區。

理沙終於想出可以拯救自己的方法。她將顫動的手偷偷塞進口袋裡。緊張到涼透的指尖摸到只剩最後一張的【姓名貼紙】。

（只要把這個貼在那個男人身上就行了。這張貼紙可以讓任何東西變成我

的，貼到他身上後，他一定會聽我的話。到時候就可以命令他帶我回到原本的地方）

理沙從後座伸手，想把貼紙貼到正在開車的男人脖子上。

男人發現了她的動作，大吼一聲「幹什麼！」轉頭過來狠狠瞪著理沙。理沙嚇得手一鬆，貼紙掉了下去，最後的希望也落空了。

「我……我……沒什麼啦……對不起。」

理沙努力擠出顫抖的聲音道了歉。

眼前的燈號轉紅。男人不耐煩地剎車，回頭看向坐在後座的理沙。理沙太過緊張，忍不住僵住身體，不過男人卻脫下了自己身上的灰外套丟給她「給妳」。

以為掉到地上的姓名貼紙，竟然黏到了那件外套下緣。

（所以他才把外套給我啊……跟之前鳥籠那次一樣）

貼紙只對直接貼上的東西有效。雖然很想再貼到男人脖子上，不過撕下再貼的貼紙就沒有效了。看來真的沒有其他辦法了。

就在她因為絕望而快掉下眼淚時，放在膝上的男人外套口袋裡，開始產生有節奏的震動。

（是剛剛被他拿走的兒童手機！原來放在這個口袋裡啊！）

這正是她把來電聲音轉為震動、早就拋在腦後的兒童手機。看看顯示螢幕，是媽媽打來的。應該是看到理沙這麼晚沒回家，覺得擔心吧。一想到媽媽的臉，眼前一切隔著淚水開始扭曲變形。好想回家。我什麼都不要了，現在只想回家……

（媽，救救我。我在這裡啊……）

理沙小心不被男人發現，用顫抖的手指按下兒童手機上的通報按鍵。

「真的很可怕……再也不想遇到這種事了。我要改掉貪心的毛病。」

理沙跟來警局接她的家人平安回到家後，撕掉了所有自己拿到的東西上的【姓名貼紙】。就連最後那一張她也撕得碎碎的，丟進了垃圾桶裡。

幸好警方在巢穴裡逮捕了那些犯行累累的男人，要是再晚一步，理沙可就危險了。

聽來太美好的事，背後一定會有同樣危險的陷阱。

理沙在心中發誓，再也不去「黃昏堂」了，她絕對不會再去。

測謊雷達

小拓上學的向日葵幼兒園，一大早就吵吵嚷嚷的。

因為兔子班的和樹頭上出現了一個大大的紅色箭頭。那個箭頭就好像是在告訴大家「快看看這個人！」一樣，清楚地指向和樹。

大家都驚訝地合不攏嘴，聚集在和樹身邊。

「這什麼啦，快走開！」

和樹拚命搖頭晃腦，手忙腳亂地揮動。但是箭頭依然沒有離開他頭上，還是繼續配合著和樹的動作，走到哪裡跟到哪裡，不管用跑的還是蹲下來都沒有用。

「老師，和樹頭上有奇怪的東西！」

聽到外面的騷動後，胸口掛著兔子形狀名牌的上原老師跑了過來。

「怎麼了？咦？這是什麼？」

老師想抓住和樹頭上的箭頭，但還是抓不到。

「不會消失耶，像雷射筆的光一樣。」

上原老師不安地請來園長。

「園長不好了！有奇怪的箭頭！」

「這到底是怎麼回事？」

園長也努力地想要除掉和樹頭上的紅色箭頭。但不管怎麼做，那箭頭還是繼續指向和樹。

「嗯……這該怎麼辦呢，怎麼都消不掉呢……」

聽到園長低聲這麼說，和樹躺在地上開始哇哇大哭。

「我不要這樣啦，這樣好難看！」

小拓驚訝地看著眼前這場騷動。

「該不會是因為這個吧……」

他從制服口袋裡取出一顆金屬球。那是一顆上面有齒輪，跟乒乓球差不多大的球。這顆球非常帥氣，外表閃著金色光芒，可以看到小拓的臉映照在球面上。上面還有小小紅燈閃閃爍爍。

這是一個叫「店主」的大哥哥給的【測謊雷達】。小拓在街上迷了路，偶然發現了一間叫作「黃昏堂」的奇妙商店。

事情發生在昨天。

「你媽媽今天不能來接你，要你自己走回家。」

和樹在幼兒園的放學時間，對小拓這麼說。

小拓媽媽工作總是很忙，經常很晚才來接他。但這還是媽媽第一次說不能來接他。

小拓強忍住難過的心情，一個人走出了幼兒園，眼淚一直往下掉。途中找不到回家的方向，還迷路了。因為小拓家離幼兒園有點遠，他平時都搭媽媽開的車到幼兒園。

小拓走累了，坐在路邊休息，最後還不小心睡著了。一張傳單貼在他腳邊，這觸感叫醒了他，不知不覺中，附近已經包圍在一片黃昏的美麗橙橘色光線下。抬起頭，眼前有一扇嵌著大齒輪的「黃昏堂」大門。

「……這顆金屬球是【測謊雷達】。只要拿著這顆球，對你說謊的人頭上就會出現箭頭，讓大家知道是誰故意說謊騙你。」

店裡那位身上穿著咖啡色圍裙的大哥哥這麼說。大哥哥好像已經知道小拓經常因為和樹說的謊而傷透腦筋。

「你輪到單腳跳值日生，今天一整天都得單腳跳。」

「今天你得把營養午餐裡的布丁送給其他人才可以。」

「老師說玩水之後不可以穿褲子。」

被和樹欺騙的小拓，經常被大家嘲笑或者生氣，讓他很難過。到了該上幼兒園的時間，有時候還會覺得肚子隱隱作痛。

「只要把這個雷達放在口袋裡就可以了。這麼一來你就不用再擔心有人說謊騙你。請給我一點你的回憶，當作購買的費用。這是我們這間店的規矩。」

大哥哥把一顆透明玻璃球放在手掌心，送到小拓面前。

「閉上眼睛摸摸這顆球，你就可以忘掉幾件難過的事。」

他閉眼了一會兒，張開眼睛時看到玻璃球發出漂亮的淡淡水藍色。

「這是你悲傷的顏色，是即使受傷也不會怨恨對方，坦率又溫柔的孩子才會流下的眼淚顏色。看到這麼美麗清澈的眼淚，連我都要被打動了。」

大哥哥把金屬球交給小拓。

「來，帶著這個回到你原本的時空去吧。我想我們應該不會再見面了。」

一轉眼，小拓已經回到「放學時間」的幼兒園，媽媽剛好來接小拓。他以為自己在做夢，但是口袋裡真的有那顆金屬球，就像是護身符一樣。

今天早上來到幼兒園，口袋裡還放著那顆球，正在玄關換穿室內鞋時，和樹跟平時一樣跑到小拓身邊對他說：

「喂！今天不管說什麼話，都得在前面加上『便便咚咚』喔。」

就在這時候，和樹頭上「叮！」地一聲瞬間出現了一個紅色箭頭。

看來口袋裡的【測謊雷達】對和樹的謊言出現反應了。大哥哥說得沒錯，光是帶在身上，就可以發現說謊的騙子。

「大家快回教室去！」

園長把哭哭啼啼的和樹帶到園長室。

但是這場騷動沒這麼容易結束。也不知道為什麼，雷達不只對向小拓說謊的人有反應，就連傳進小拓耳裡的謊言也會出現反應。

「幼兒園的玩沙場出現一條很大的蛇喔！」正在嚇唬大家的兔子班弘樹頭上「叮！」豎起了箭頭！

「我家很有錢，所以院子裡的泳池養了一隻海豚喔。」長頸鹿班的繪里香頭上也「叮！」地豎起箭頭！

「我吃這麼少，還是長胖了」說這些話的保育員頭上也「叮！」地豎起箭頭！

「明天開始請讓我休假三天。那個……因為、因為我鄉下的爺爺過世了。」

說完後上原老師頭上也「叮！」地豎起了箭頭！

「我們幼兒園一點問題也沒有。」園長頭上也「叮！」地豎起了箭頭！

放學時間到了，媽媽們頭上出現了好多箭頭。

「您總是打扮得這麼漂亮真是讓人羨慕。」叮！

「沒有啦，我們家沒有要報考啦……」叮！

「我先生一路升官都很順利。」叮！

就連走過幼兒園外的高中生情侶，雷達也會產生反應。

「這是我第一次跟男生交往呢。」叮！

「我覺得妳是學校裡最可愛的。」叮！

「為了打造宜居社會，我承諾會帶來公平清新的政治！」經過的選舉宣傳車裡，正用大聲公掃街拜票的政治家頭上也「叮！」

叮！叮！叮！叮！

小拓在幼兒園的院子裡等媽媽來接他，看到不斷增加的紅色箭頭心裡非常驚訝。

「原來大家都說那麼多謊話啊。」

所有人都亂成一團。

小拓也不知道該怎麼消除大家頭上的箭頭。說不定當他們不再說謊時，就會不見了。

（希望媽媽頭上不要有箭頭。）

就在小拓這麼想的時候，身後傳來一個聲音。是媽媽。

「對不起啊小拓，媽媽來晚了。今天工作又拖得很晚……其實我很想早一點來接你的。」

小拓有點緊張地仰望媽媽頭上。

「怎麼了嗎？媽媽頭上有東西嗎？」

媽媽偏著頭，好奇地舉手往頭上摸了摸。

「……沒有。什麼東西都沒有！」

確認媽媽頭上沒有箭頭的小拓，安心地揚起嘴角笑了。

「好，那我們回家吧。」

媽媽也對他甜甜一笑。

「今天晚餐是小拓最喜歡的漢堡肉喔。而且不是超市買來的現成東西，是我親手做的喔！」

小拓媽媽的頭上，「叮」地豎起了紅色箭頭。

靈視眼鏡

這個世界上一定有鬼。

京野彰從小就深信不疑。

第一次是幼兒園時，在沒有人的房間裡，他好像聽到了過世祖母的聲音。小學時每次走進廁所就會感受到花子——男廁的話應該叫花男吧——的存在，國中校長的喪禮上，好像看到面容呆滯站在自己棺木旁邊的校長。高中時曾經拚命想跟在教室一角抄筆記的那個不應該存在的少女交流。一來到靈異景點，他總是會感到寒氣，傳說中有座敷童子出沒的旅宿，他也會在半夜裡聽到小孩子的輕聲談笑。

隨著年紀的增長，對靈異的興趣也漸漸加深，大學時還選了有靈異研究會的

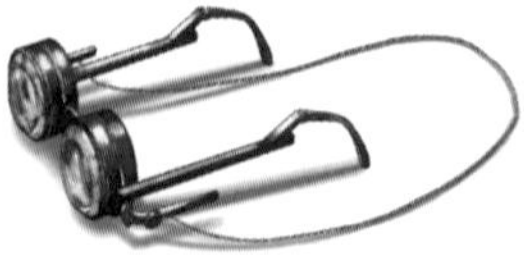

學校。

雖然一開口老是談些怪力亂神的事，不過認真嚴謹的個性還是很受肯定，大學畢業後順利進了一間有靈異研究科系的研究所。他會這樣廢寢忘食投身研究，也可以說是很自然的發展。

（這個世上真的有鬼。但是大家都只相信眼睛看得見的東西……）

不管是物理或者化學都行，他很希望證明給那些不相信靈異現象的人看，世界上真的有鬼存在。

彰的心願終於成真，他發明了讓鬼魂「可視化」的裝置。

「大井戶橋教授！終於完成了！」

彰在大學研究室裡公開他的鬼魂可視化裝置。這個裝置的形狀就像個上下顛倒的巨大試管，大小剛好可以容納一個人進去，上下有電流流通。

「把特殊氣體充滿玻璃管，然後按下這個開關。」

彰拿著遙控器，回頭看著教授和其他研究生說。

「鬼魂會變成人人都看得見的形態後出現！」

研究室所有人都對裝置的完成感到驚訝。

「太厲害了，京野！」

「你終於辦到了！」

「我知道你一直埋頭於製作裝置，但是本來以為還要很多年才能完成呢！」

「真沒想到裝置需要的精密算式和特殊氣體的問題，你都能一個人解決！」

大家你一言我一語地稱讚他，彰也覺得很有面子。

「這都多虧了我的堅持和努力。有一天我突然靈光一閃，想出了完成裝置的方法。」

「真不愧是京野！對了，出現的鬼魂會是什麼樣子啊？」

大原綾香的眼中閃著期待的光芒，好奇地問道。綾香是彰的女友。

「我馬上跟大家解釋。之前的小規模預備實驗中出現了很好的結果。鬼魂一定會出現在這個裝置裡。」

彰先清了清喉嚨。能夠獲得大家注目，發表研究成果，他很為這樣的自己感到自豪。

「如同我們的研究結果，鬼魂跟生前的樣子幾乎沒有兩樣。他們有活著時的回憶，能跟人溝通。可以跟我們對話。因為沒有重量，還可以飛向天空。」

「真的嗎？我也好想飛喔。」

笑著這麼說的是槙原大輔。他是彰少數的朋友之一，從高中就認識了。他原本對鬼魂並沒有興趣，但是受到彰超乎尋常的熱情打動，現在比彰更熱心投入靈異研究。其他十位左右的研究生也都抱著一樣的想法。

大井戶橋教授拍拍彰的肩膀，慰勞他道：

「京野，做得好。好，你快按下這個鬼魂可視化裝置的開關吧。」

「我嗎？這麼值得紀念的實驗，我希望由大井戶橋教授親手來按下開關。我會在隔壁房間確認記錄裝置的狀態……」

「裝置會自動記錄吧。你的實驗更重要啊。長年來的研究終於開花結果，這個輝煌的瞬間當然屬於努力不懈的你啊。」

聽到教授這番話，彰略帶猶豫地點點頭。

「是、是嗎。那就由我……」

研究室的所有人都緊張地在一旁看著彰。彰看到一旁的綾香雙手合十放在胸前祈禱的樣子。

（終於等到能證明鬼魂存在的這一刻。我的人生就是為了這個瞬間！）

研究室裡一陣緊張，大家都凝神屏息。

彰激動不已，用興奮到顫抖的手指按下了開關。

——噗咻……一陣氣體外漏的聲音傳來，實驗以失敗告終。

彰漫無目的地走在黃昏街頭，一邊啜泣。

他連綾香都沒聯絡。現在他不想跟任何人說話，關掉了手機電源。他不想回研究室，也回不去了。只希望就這樣隱身在暮色街景中，永遠消失……

就在這時候，彰發現有一張老舊傳單纏在他腳邊。

上面寫著「以驚人低價提供不可思議的雜貨，能立刻實現你的心願」。店名叫「黃昏堂」。

（立刻、實現、心願……？心願嗎……我最大的心願是什麼呢……）

彰呆呆看著暮色餘暉思考著這個問題。自己的心願是想要回到綾香、教授，還有其他夥伴身邊嗎？還是希望能證明鬼魂的存在呢？

他佇立在原地看著傳單，發現上面又多了一行剛剛沒有的文字。

「僅限一位！【靈視眼鏡】。只需戴上眼鏡就能清晰地看見鬼魂！」

「靈視眼鏡？」

他瞬間深感興趣。那會是一副什麼樣的眼鏡呢？

抬起頭一看，狹窄的巷弄後方，「黃昏堂」的店招牌正閃著微弱的光芒。看起來就像是一團在黑暗中吸引徬徨飛蛾的白色火焰。

他怯生生地推開門，踏進了昏暗的店內。

「歡迎光臨。您是來找【靈視眼鏡】的客人吧？」

齒輪和時鐘塑造出狹小店裡奇妙的氣氛，看起來像店主的那個男人問道。他在無言點頭的彰面前打開了書桌抽屜，從裡面拿出一副古董黃銅圓框眼鏡，放在販售台上，店主盯著彰看。

「這個商品現在降價、非常划算。使用方法就像傳單上寫的一樣。這是一幅可以清楚看到幽遊的靈質——也就是鬼魂的眼鏡。」

年輕店主身穿掛滿道具的皮製圍裙，脖子上掛著奇妙的護目鏡，不過面容很端正。但是他身上有種難以言喻的氣息，讓人覺得可以相信。彰很慎重地用字遣詞，注意著不被看出破綻：

「真的很抱歉，我實在無法相信。我花了好幾年時間一直在研究如何讓鬼魂可視化。但是我的實驗失敗了，摔了一大跤。你說只要戴上這個舊眼鏡就能簡單辦到，這叫我怎麼相信呢？」

「是嗎？難道你不是因為對這副眼鏡很感興趣，才會到這裡來的嗎？」

店主那對不放過任何細節的黑色眼瞳直盯著彰，彷彿看穿了他的心。停在他肩上的黃銅鳥上鑲嵌的紅色寶石眼睛閃著光，就像活的動物一樣拍動著翅膀。

「是真是假，不妨親自試試看？」

店主把眼鏡遞給彰。那是一副形狀奇妙的圓眼鏡。厚厚的鏡片就好像牛奶瓶的瓶底一樣，黃銅細框上有好幾個小齒輪跟螺絲。

「這是用特別輕量的纖細材料打造的精密機器，還請小心使用。」

彰猶豫地接過眼鏡戴上。店主說得沒錯，確實驚人地輕。他覺得很不可思議，究竟是用什麼材料做的呢？光是鏡片就已經有一定重量才對，但是現在這副眼鏡拿在手中，卻像空氣一般輕盈。

他戴上後慎重地環視店內，發現隔著販售台的店主不見了。

「是不是看不見我了？」

聽到對方的聲音，他嚇了一跳、拿下眼鏡，店主現身眼前，正對著他笑。

「這副眼鏡才剛調整好，性能不會有問題。透過鏡片不會看到活人，『只能』看見鬼魂。你也可以從鏡子裡看看自己？」

「不用了。我當然知道自己不是鬼魂。」

彰覺得對方好像在捉弄自己，有點不高興。這男人調整過的眼鏡？怎麼可能這麼簡單就看見鬼魂。一定只是某種魔術手法啦。不過——

看到拿著眼鏡陷入沉思的彰，店主說道：

「這麼貴重的眼鏡，只需要用你少許回憶來交換就可以了。」

「用回憶？……那就是費用嗎？把回憶給你，就可以拿走這個眼鏡？該怎麼給你？」

店主將從後面貨架取出無色透明的玻璃球，放在販售台上。

「支付方式很簡單，只要閉上眼睛摸這顆玻璃球就可以了。這麼一來你的部分回憶就會被抽取出來，放到這裡面。像你這樣擁有有趣經驗的青年，剛好有顧客對這類回憶很有——啊，抱歉抱歉。好，你決定怎麼樣呢？」

這一切都實在太奇妙了。他漸漸有點想相信。實驗雖然失敗了，但他怎麼樣都無法放棄讓鬼魂可視化的念頭。他截至目前為止的人生，腦中只想著這件事。如果真的有靈視眼鏡，那就表示彰的願望可以成真。

「好，我買。」

聽到彰的回答，男人嘴角微彎。黑色眼睛透出冷冽的光。

「商品一旦出售既不能退貨，也不接受客訴，還請見諒。那麼請摸著這顆玻璃球，閉上眼睛。」

白煙在玻璃球裡形成漩渦，其中混雜著一絲黑煙。這奇妙的圖樣被封印在玻璃球中，發出不可思議的光。

當黑暗夜空中隱約能看到月亮的時分，彰回到研究室所在的大學。上課時間早已結束，校園裡一個學生都沒有。

現在回頭想想，真不知道自己為什麼會煩惱到這種地步。任何實驗都一定會經歷失敗不是嗎？大家看到太過沮喪而避不見面的彰，一定都很意外吧。

他鼓起勇氣扭動門把，輕輕推開門。希望一切都沒有改變。帶著祈禱的心情，他環視研究室裡。

研究室整理得比以前更整潔，大家都專心埋頭做研究。大輔發現了彰一直站在門口不動，開心地招呼他：「喂！」

「怎麼了，彰？看你一直沒回來，還以為你出門旅行了呢。」

聽到大輔開的玩笑，讓研究室的大家都抬起頭來笑了。

「回來啦！京野，怎麼這麼晚。」

「等你很久了耶，京野。」

大家溫暖地迎接他。

「真是的，我們很擔心你耶！太好了，終於回來了！」

大原綾香走到他面前，故意鬧著脾氣般地笑著。反而是彰自己覺得鬆了一口氣。

什麼都沒變。綾香、大輔，研究室的大家都沒有變。

果然還是自己多心了。彰終於放下心，露出笑臉說道：

「太好了，大家都還是老樣子。一直沒跟你們聯絡真是抱歉。我需要一點時間讓自己冷靜一下。對了對了，我在街上亂晃時找到了一個很有意思的東西。【靈視眼鏡】——能將鬼魂可視化的眼鏡。如果用這種東西就可以看見鬼魂，我們就不用這麼辛苦了。」

說著，彰翻找起他買來的眼鏡。

「咦？不在口袋裡。是不是因為太輕了，被我丟在哪裡了呢？」

大輔忍著笑對他說：

「彰，該不會就是你現在戴的這一副眼鏡吧？」

彰伸手摸摸自己眼睛。確實戴著眼鏡。

「啊，是呀。剛剛進大學校門時戴上的。本來想戴上這個奇怪眼鏡逗大家笑的。」

他哈哈地笑著拿下了眼鏡，那個瞬間，整個研究室的人忽然都消失了。

「咦……？」

彰手裡拿著眼鏡，呆愣在當場。他不敢相信地再次戴上靈視眼鏡。大家又瞬間出現。

「那個……這件事有點難以啟齒。因為我們擔心你會因為內疚而消沉……」

綾香吞吞吐吐地說道：

「真的只是短短一瞬間發生的事。你還記得嗎……，實驗不是失敗了嗎？」

「嗯、嗯，這我記得。那之後發生了什麼事？」

大井戶橋教授安撫著變得不安的彰。

「你什麼都不知道嗎？也對，畢竟你沒跟大家聯絡。但這不是你的錯。你只是一心認真地投入研究而已。不要緊。我們都知道，你不是故意那麼做的。」

綾香點點頭，繼續往下說：

「京野從研究室跑出去之後，整個研究室裡都充滿了從鬼魂可視化裝置裡外洩出來的無色無臭毒氣。等我們發現時，大家已經變成現在這個樣子。」

大輔也笑著說：

「不要介意啦。現在已經可以做出真的有鬼魂的結論了。我們就是最好的證據。」

大輔的身體不自然地飄浮在地板上。他的雙腳是透明的。

因為實驗失敗導致氣體中毒死亡。研究室內這麼乾淨，原來是因為所有東西都被收拾掉的關係。但是為什麼自己會忘記這麼重大的事呢？

彰突然一驚。這該不會就是被店主拿走的回憶吧？要不然自己怎麼可能忘記。彰不是因為實驗失敗覺得丟臉而逃，逃走是因為害怕承擔自己引發的重大意外之責。

彰的雙腳開始格格打顫。

「對、對不起各位……請、請你們原諒我……我、我本來以為會成功的。」

「嗯，沒有錯。不過如果是這樣，為什麼你會一個人逃走呢？」

綾香盯著彰問道。他從來沒有看過綾香這麼冰冷的視線。

「因、因為如果失敗，毒氣馬上就會外洩充滿研究室內，要是不快點逃走就很危險……」

怎麼說溜嘴了，他雙手急忙摀住自己嘴巴。手掌心滲滿了汗水。

「是嗎？所以你知道很危險啊。既然如此，就不應該做實驗啊。」

面對綾香的譴責，彰滿身是汗地找藉口。

「可、可是這樣一來不知道要等多久才能做實驗……說不定在這段期間會有其他人搶先完成裝置……」

大輔交抱著雙臂，冷冷看著彰。

「所以你是為了搶先做出自己的成績才這麼急嗎？那你是怎麼完成這個裝置的？應該還有不完整的地方吧？該不會偷偷拿走我廢寢忘食努力計算、自己開發出來的數據吧？」

教授也瞪大眼睛瞪著彰。

「京野，你實驗中用的是哪一種氣體？該不會是偷走我長年研究、快接近完成的危險氣體，私自使用吧？」

「你不會這麼做吧。」

「是啊，怎麼可能呢，是吧？」

研究室的人都用可怕的眼神瞪著彰，飄呀飄地越來越接近他。

彰太過恐懼，不斷往後退，綾香步步逼近，滿懷怨恨地說：

「你該不會卑鄙到讓女友面臨生命危險、只顧著自己逃走吧？該不會連我是不是還活著都沒確認，就斷絕聯絡逃走了，是吧？」

彷彿要將人刺穿的尖銳視線，讓彰打從心裡開始顫抖。他的聲音嘶啞。

「因、因為我害怕親眼看到那些事實……請……請原諒我……我跟你們道歉……」

「太遲了。長年的夢想終於實現，真是太好了呢。對吧？京野……」

彰就像被鬼壓床一樣動彈不得，綾香在他耳邊輕聲低語。

「我們一定會好好讓你知道，鬼到底長得什麼樣子……」

彰瞬間全身起了雞皮疙瘩，感到一股前所未有的恐懼。

他的眼神游移到掛在牆上那面大鏡子上，只看到自己臉上戴的靈視眼鏡浮在空中，被大批鬼魂包圍，正不住地格格顫抖。

完全複製USB

要怎麼樣才能不念書就輕鬆提高成績呢？

三谷直紀這個人對於必要的努力完全不想付出，卻總是對不必要的事全力以赴。

他很不喜歡翻開教科書或參考書認真學習，卻非常熱衷上網搜尋有沒有能投機取巧考一百分的方法。

但世界上當然沒有這種好事。

升上國三第一次考試前一天晚上，他整夜都在熟讀「如何靠直覺導出正確答案」的詭異網站內容，直到清晨都完全沒念書。當然，考試的結果慘不忍睹。

「三谷，你也多少讀點書吧？不管哪一科都完全沒看到你努力的痕跡。學校

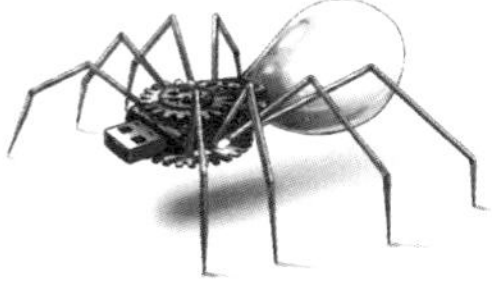

不是讓你來打瞌睡和吃午餐的地方啊。」

班導看著直紀，臉色很難看。

「不管再怎麼樂觀看待，這樣下去你沒有一間高中考得上。」

「也是啦。」

直紀用力地點頭。

「加油啊，下次一定要考好一點喔！」

當然，他完全沒有認真學習的打算，反而把力氣都放在摸索「如何輕鬆提升成績」的方法上。

直紀放學回家的路上，偶然撿到了一張舊傳單，發現「黃昏堂」這間店。他在這裡獲得了一個求之不得的好東西。

在一個有好多齒輪的奇妙雜貨店裡，帥到叫人嫉妒的店主對直紀說：

「這叫【完全複製ＵＳＢ】，可以將自己儲存的知識完整備分。」

販售台上有一個用透明玻璃和黃銅製成的奇妙蜘蛛。蜘蛛的身體是小電燈泡，頭部是齒輪和螺絲，還有八隻長長的金屬腳。這隻蜘蛛就像生物一樣動著腳，慢慢在販售台上走著。店主抓著燈泡部分將蜘蛛提起，放在手掌心上給直紀看。

「當它的身體像這樣呈現透明時，就表示蜘蛛形ＵＳＢ處於空腹狀態。它會四處移動去尋找數據，小心別讓它逃了。把ＵＳＢ拿靠近頭，它的腳會纏住頭髮，等燈泡亮光由紅轉綠就可以拿下來。需要ＵＳＢ裡的數據時，再把ＵＳＢ靠近頭就可以了。」

「太厲害了！啊，不過我有一個問題。現在我腦袋裡完全沒有能讓它備分的數據。我想要的是不用念書也能讓頭腦變好的方便道具。」

店主面露無奈，嘆了一口氣道：

「我覺得這就要看你怎麼用，根據你使用的方法，ＵＳＢ也有可能達到目的。」

直紀想了很久，才終於拍了一下手。

「對了！只要把聰明人的數據放進來，再轉移到我腦袋裡就可以了啊！」

「我並不建議這樣的用法，不過要怎麼使用商品是顧客的自由。」

「我腦袋裡空空如也，應該可以放進很多數據吧！」

「我想也是。」

「請給我這個！要多少錢？」

店主將透明玻璃球放在直紀面前，顯得不太感興趣。

「我們店裡的商品不能花錢買，必須用顧客的回憶來支付。反正我們也希望能收集到多一點各種不同回憶，這次就特別賣給你吧。請把手放在這上面。」

玻璃球變成混濁的褐色，發出模糊的光線。

直紀失去了叔叔招待他吃烤肉吃到飽時，人生最幸福的那段回憶。

隔天直紀馬上將【完全複製ＵＳＢ】帶到學校，接近全班、不，應該是全學校最聰明的學生戶山良的頭。聽說良早就念完國中課程，別說考高中了，現在他好像已經開始進行考大學的準備。

午休時，良向來一個人留在教室裡專心念書，連有東西接近他的頭附近都沒有察覺。專注力實在驚人。

蜘蛛身體的燈泡短短數秒就從紅色變成綠色。可以看出累積在良腦袋裡的知識有多豐富。

「太好了，一切順利。看來下次考試一定沒問題。」

直紀回收USB，開心地笑了。他把蜘蛛形USB放回蟲籠裡。

考試就在明天。

這天夜裡，直紀從蟲籠裡拿出充飽狀態的蜘蛛形USB，靠近自己的腦袋。金屬腳一碰觸到直紀的頭，就發出「砰！」的聲響，直紀頓時昏迷。

隔天早上，直紀仰躺在自己房間床上，晨光從窗外照進來，終於喚醒了他。空著肚子的蜘蛛形USB，慢慢地在他身邊徘徊。

直紀回想起店主的話。

「萬一容量超過負荷，會導致大腦當機，要特別小心。如果覺得快要超過限度，一定要馬上移開ＵＳＢ。」

直紀從喉嚨發出格格笑聲。

「只在轉瞬須臾，腦子卻像在〇．一秒內塞滿了知識。」

連用字遣詞的等級都不一樣了。

直紀帶著信心滿滿的笑容前往學校，往後靠在教室椅子上，等待試卷發下來。翻到背面的試卷被放在課桌上。

「好，現在開始考數學。」

班導說完後，全班學生同時將試卷翻過來。

「哼，就這種程度？對我來說根本等於騙小孩的題目嘛。」

直紀哼笑了一聲，在考卷上方寫下名字。

「戶山良」

聽心器

喔？老師您也聽說了嗎？那間奇妙的雜貨店。對啊，我也是聽來保健室的學生說的。好像叫「黃昏堂」是嗎？

有學生放學後會故意等到黃昏時分在街上晃蕩，找那間店？這可不太好，不過好像也可以懂他們的心情。

但是聽說刻意想找也找不到。所以不找就能發現嗎？對啊，好像只有被店家選上的客人才能發現這間店吧。你可能不相信，但「黃昏堂」真的存在。其實我就認識一個人，真的在那間店買了很不可思議的東西。我好朋友的哥哥是醫生……聽說他在「黃昏堂」買了一個聽心器。不是用來聽心肺聲音的聽診器。外表看起來是一樣的，但這是一種可以聽到對方心聲的【聽心器】。

那位醫生專門看無法好好表達自己哪裡痛、哪裡難受的患者。其中有些病患病情已經惡化得很嚴重，卻還不知道生的是什麼病，根本無從下手。他很煩惱，不知道該如何迅速正確地治療，就在這時他找到了那間店。

如同傳聞，他在黃昏時發現了傳單。

店主給了醫生一個【聽心器】，可以聽到患者心裡的聲音，讓他得以進行適當的治療，也因此拯救了很多生命。

覺得很意外嗎？我以前以為跟「黃昏堂」相關的都是些不好的傳聞。

是啊，老師說得沒錯，如果是壞人拿到那個奇妙的道具，很可能會拿來問出某些人的祕密、用在壞事上。越是方便的道具，越會因為使用者的心態大大影響最後的結果。

那位醫生跟【聽心器】，可說是種幸運的組合吧。

奇妙的支付方法？好像就如同傳聞，醫生為了獲得【聽心器】，賣掉自己的部分回憶。那間店的店主挑選了他一部分的回憶，抽走了。

你覺得店主拿走了醫生什麼回憶？很重要的回憶嗎？不是。

聽說是他小時候被關在停電電梯時的回憶。這位醫生的電梯恐懼症是出了名的，他自己也為此很困擾，但是自從去過「黃昏堂」後，就再也不怕了。身邊的人對於他這麼突然的變化，也都感到很驚訝。

但是這個故事還有後續。

有一天，醫院來了一位跟以往不太一樣的求診患者。患者沒有食欲，看起來很消沉，可是不管用【聽心器】怎麼聽，都聽不到他心裡的聲音。

醫生仔細詢問過瞭解患者狀況的家人，終於找到原因，知道他的心裡為什麼如此空洞。

你覺得原因是什麼？是相思病啊。

其實那個患者失戀了。他愛上隔壁家的可愛女孩，所以心裡就像開了一個大洞一樣……這就是症狀的原因。

就是啊。我也覺得那位醫生真是名醫。

老師好像也得了類似的病，想請那位醫生看診？

這可怎麼辦才好呢。很遺憾，老師你不是他看診的對象啦，不過我家剛出生的孩子偶爾會帶去請醫生看。

怎麼了？老師，你怎麼看起來大受打擊的樣子，還好嗎？啊？你不知道我有孩子？不、不是啦。我單身啊。我帶去看醫生的是我家剛開始養的小貓啦……

啊，我剛剛忘了說，那位醫生是獸醫啊——

尋寶狗項圈

岩田丈這個人，打從骨子是個壞胚子。他做過許多壞事，但是因為有點小聰明，所以從沒被警察抓過。每當做的壞事快被發現，他就會像蜥蜴斷尾求生一樣，割捨夥伴或手下，只顧自己逃走。

這種事一而再再而三地發生，終於再也沒有人願意跟丈合作。就連其他壞人也覺得他卑鄙。

一個人能做的壞事很有限。於是丈的生活越來越困苦，甚至到了存款見底，連晚上要住的地方都得發愁的地步。有沒有能順利獲得錢財的方法呢？

就在這時，他在餐飲街的後巷發現了一張奇妙的傳單。

那張傳單纏在他腳邊怎麼甩也甩不開，拿起來一看，是一張褪色泛黃的紙，上面還用裝飾文字寫著「黃昏堂」這個奇怪的店名。

「什麼？『以驚人低價提供不可思議的雜貨，能立刻實現你的心願』？」

上面沒有地址、地圖，也沒有電話號碼。開店時間是「黃昏時分」。

丈抬頭看著西邊天空。太陽剛剛西沉，螢光橘跟餘暉夕暮的陰暗開始交融成不可思議的色調。

看看傳單，上面出現了剛剛沒有的一行文字。

「僅限一位！【尋寶狗項圈】。只需要把項圈戴在愛犬脖子上，愛犬就會替你找出寶藏！」

「什麼？這是故意在開我玩笑嗎？」

他不耐煩地把傳單揉成一團正要丟掉，但又停下了手。再次攤平滿是皺痕的傳單，發現特賣日期就是今天。這間店是不是就在附近呢？

他皺著眉環視周圍，沒想到很快就找到了雜貨店入口。狹小巷弄深處，有一扇鑲嵌著大齒輪的銅色大門。霓虹燈飾招牌上的文字發著白光，隱約浮現出店名

「黃昏堂」。

（就是那裡嗎？我不記得那裡有這種店啊……？算了，去看看再說吧。說不定還有機會搶走店裡販售台的錢呢。）

丈環顧四周，確認附近沒有裝設監視攝影機後，一溜煙地鑽進了那條黑暗的巷弄中。

走進狹窄的店內，丈很快掃視了一圈。

小小的店裡塞滿了古怪的小東西和飾品等，看起來像是女孩子會喜歡的雜貨店，不過這昏暗詭異的氣氛又有點像罪犯的巢穴。

店內響著微微的機械聲，是牆上幾個大大小小的齒輪轉動的聲音。低矮天花板垂吊著散發奇幻光芒、七彩繽紛的玻璃球。

沒看到店主。店裡好像沒人。

丈盯上了展示架上一個小盒子。盒蓋有精細的裝飾，還鑲嵌著美麗的寶石。

拿在手上細看，隨著光線照射角度不同，暗紅色還會變成深藍色。

（喔？真是稀奇的寶石。應該可以賣個好價錢吧。）

他正想把小盒子塞進口袋，身後突然傳來一個男人的聲音。

「這位先生，那東西可是要價不菲呢。」

丈輕聲啐了一口，不情不願地把小盒子放回貨架上，看著聲音的主人。一個身穿白襯衫、繫著皮圍裙的年輕男人正隔著販售台冷冰冰地看著丈。

看似店主的這個男人挖苦似地對丈說：

「放在那個小盒子裡的【甦醒之水】，是本店價格最昂貴的東西，你是付不起的。」

這男人看來溫和，不過那沉穩冷靜的態度可以看出並非等閒之輩。停在男人肩上的黃銅小鳥眼睛也發出紅色的光芒，盯著丈看。

「您是來找【尋寶狗項圈】的對嗎？應該已經看過傳單了吧？」

男人彷彿看透了丈的心思。那像占卜師一樣的態度也讓人很不爽。

「反正一定是假貨吧。怎麼可能那麼容易發現寶藏？」

「其實真的可以。我們身邊有不少沒被發現的寶藏，不只是傳說中被埋藏起來的錢財，還有被人遺落的昂貴寶石、刻意被藏起來的鈔票等等。這些寶藏都不會有人出來主張所有權。」

店主從後方貨架抽屜拿出一個裝有黃銅齒輪的咖啡色皮項圈，放在販售台上。

「剛剛才修理完，性能沒有問題。只要把這個項圈裝在你愛犬的脖子上，狗就會帶你找到埋藏的寶物。不過每一個項圈只能尋找一次。裝上去後只能弄壞才能拆卸下來。」

「少、少在那邊胡說八道了。」

「我沒有胡說。我只是用划算的價格提供能實現顧客心願的商品而已。這【尋寶狗項圈】的費用，現在只需要花費一天份的回憶。」

「用回憶來付費？搞不懂你在說什麼。給我說清楚！」

丈火冒三丈地扯起嗓子，但店主一點也不為所動。他從抽屜拿出一顆約莫棒球大小的無色透明玻璃球，放在販售台上。

「我這裡不收錢，請客戶以回憶來支付費用。只要閉上眼睛觸摸這顆玻璃球，你一天份的回憶就會進到這裡面，成為支付【尋寶狗項圈】的費用。這樣說明你懂了嗎？」

「……回憶？什麼樣的回憶？」

「這就交由我來挑選。如果你覺得可以的話……。」

店主的眼神冷靜又堅定。丈非常清楚，有這種眼神的人就算出聲威脅他：「廢話少說，快把項圈交出來！」也沒有用。

丈交抱雙臂，眉頭緊皺地看著天花板上垂吊下來的幾顆玻璃球。莫非這些都是來交換商品的顧客所支付的回憶？

聽起來實在太離奇了，但他覺得也不妨一試。管他要的是回憶還是什麼鬼東西，總之就是不用花錢可以免費拿到東西的意思吧。

「好，那我就要了。用回憶什麼的來付給你吧。」

丈說完後，店主臉上浮現嘲諷的笑意。他黑色眼瞳發出了詭異的光線。

「謝謝惠顧。商品一旦出售既不能退貨，也不接受客訴，還請見諒。那麼請摸著這顆玻璃球，閉上眼睛。」

丈觸摸的玻璃球，開始散發出漆黑暗沉的光。

「好，要驗證效果，首先需要一隻狗……該怎麼弄到狗呢？」

丈看著手上的項圈開始思考。他沒錢去寵物店買狗，去動物防疫處領養又太麻煩。最快的方法應該是直接抓一隻別人養在屋外的狗回來。

他走在街上找狗，發現一個坐在街燈下的長凳上彈吉他唱著歌的青年。天已經黑了，但他還是帶著黑色太陽眼鏡。一隻長毛大狗身體貼地、趴在他腳邊。狗面前放了一個瓶口打開的玻璃瓶。

沒有人為青年的歌聲而駐足。真是天助我也。丈咧嘴一笑。

「小哥，唱得不錯嘛。」

丈走到青年面前，向他搭話。他故意往瓶子裡丟了會發出聲音的硬幣，狗開心地搖著尾巴。青年依然直視前方，彎起嘴角笑了。

「謝謝，您是我今天第一位顧客。」

如同丈打的如意算盤，這個青年眼睛看不見。白色手杖倚在長凳邊。

「最近很多各種亂彈樂器吵吵鬧鬧的歌，不過你的歌很柔和，聽了心裡很平靜。曲子好、吉他彈得也好。這隻狗也很聽話呢，對吧？」

丈隨口胡謅些讚美的話，摸了摸那隻狗。那隻狗有著溫柔的咖啡色眼睛。丈沒養過狗，但他至少知道怎麼分辨性情溫和或兇猛的狗。

「牠是我在這個世上唯一的家人。」

青年微笑地這麼說。可能因為生活貧困，他身體很瘦弱，服裝很樸素。

「我在家裡做一點作曲的工作，到傍晚就會像這樣在公園裡演唱自己作曲的歌。希望可以有人聽到我的歌。」

再也沒有更好的條件了。就算丈把這隻狗帶走，這個年輕男人也無法馬上去找，身邊也沒有麻煩的家人。

「這樣啊。對了小哥，我有件事想麻煩你。能不能讓我跟你這隻可愛的小狗到公園那邊跑一圈？我有一隻狗跟牠很像，剛死沒多久。我很懷念以前每天傍晚跟牠去散步的時刻。」

青年老實地相信了丈的信口胡謅。

「你現在心裡一定很難過吧。如果我們家莎拉能幫得上忙，請帶牠去吧。」

青年安慰著丈，遞出狗的牽繩。

「那我就去繞個一圈。」

丈帶著牽繩開始走，狗也乖乖地跟著。

離開青年身邊，到看不見他的地方後，丈拆下狗的項圈丟掉，很快地換上【尋寶狗項圈】，拉著牽繩任憑狗在前面領路。

「來，跟我一起來！快點去找寶藏吧！」

但那隻狗只是抬頭看著丈，一動也不動。牠堅持不往前走，想回到青年身邊，不管怎麼拉都拉不動。

丈一怒之下提起腳正要踢向狗的肚子，但是很快又縮了回來。

（對了。因為這傢伙不是我的「愛犬」，所以不會帶路吧。）

聽說狗對主人非常忠誠。他很後悔剛剛沒多想就套上了項圈，現在不弄壞也取不下來。

（對了。讓這隻狗替牠的主人找寶藏吧。然後我再把寶藏搶過來就行了。）

丈開始動起歪腦筋，回到青年身邊。他把牽繩還給青年，滿嘴好聽話：

「剛剛想起很多跟波奇的回憶，心裡感觸好多啊。真是謝謝你。」

「哪裡。我才要謝謝你呢。我今天也該回去了。」

「我也正要回去。方便跟你一起走一段嗎？」

「當然啊，那我們一起走吧。」

盲眼青年沒有發現狗項圈換了，拿起牽繩和白色手杖從長凳上起身。狗迫不及待地領在青年前面開始走。

「咦？怎麼了，莎拉？這不是平時回家的路吧？」

「這隻狗好像想帶你去哪裡呢，小哥。」

「好像是呢。平常牠都乖乖跟在我身邊走的……」

狗開始引領困惑的青年往前走，就像在帶路一樣。

（喔！看來很值得期待呢！快點找到寶藏吧……）

丈跟在他們身後，伺機想奪走寶藏。青年跟狗穿過公園走到河邊。來到橋邊，狗突然停下了腳步。

「想到河邊去是嗎？我下不去啊，莎拉。」

看到止步不前的青年，丈暗自竊笑。

「我帶這孩子去河邊吧。牠不知道看到了什麼？」

來到這裡，青年依然一點都沒有懷疑丈說的話，老實地點點頭：

「不好意思。那就麻煩你了？我坐在這裡等。」

接著他溫柔地對狗說：

「莎拉，去吧。不要緊，我在這邊等。」

狗跟丈一起走下長滿草的堤防。狗在河邊停下腳步，拚命聞著附近的味道。最後狗對著草叢後面「嗚……」地低哼了一聲。

「喔！寶、寶藏嗎？發現寶藏了嗎？」

狗開始用腳挖草，草四處往外飛散。看來在堆積起來的草下好像藏著什麼東西。

狗很快就找到想找的東西。那是一個黑色的公事包。

「讓開！我來打開。」

丈用興奮到顫抖的手指打開了鎖。一看裡面，他忍不住驚嘆「喔喔……」裡面塞滿了鈔票。

「太好了……！太棒了！發現寶藏了……！這全都是我的！」

不過在這時候狗突然發出低吼，對著正要伸手拿公事包的丈齜牙咧嘴。好像在說，這是我主人的東西！

「可惡！滾開！」

丈粗暴地想把狗趕走，狗開始猛烈地吠叫，一步也不肯退讓，使盡全身力氣持續吠叫。一位剛好走過堤防上的警察聽到騷動，下了自行車從遠處對丈大喊。

「怎麼了？沒事吧？」

坐著等待的青年站起來，「不好意思，是我的狗。牠平時不會這樣叫的。」

他擔心地這麼說。

丈很緊張。他不想跟警察面對面。雖然沒有被逮捕過，但是過去也牽涉到幾樁重大案件，現在要是被警方盤查身分就糟了。

丈啐了一聲，決定放棄那包錢，如脫兔般逃走。他拔腿狂奔，幾乎要絆倒自己，跑了很遠之後終於停下腳步。回頭一看，確認沒有警察後，他雙手扶著膝蓋，身體往前彎，大口大口喘著氣。

「……可、可惡……！好不容易找到了錢啊……！」

既然是自己養的狗撿到了失物，就等於是那個青年撿到了公事包。那個正直又誠實的男人一定會跟警察一起回派出所去報案吧。

失物會由警方保管，如果失主沒有出現，有一天這些東西就會落入撿到失物的人手中。

丈深信，那公事包的主人絕對不會出現。

那麼大量的舊鈔，一定是惡人中的惡人幹了一大票買賣賺的錢。應該是出了什麼意外才被放在那裡，或者故意藏在那個地方的吧。也說不定正在彼此交款的過程中。

總之，戴上【尋寶狗項圈】的那隻狗發現了這些不義之財。店主說得沒錯，狗為了主人找到了寶藏。

「那傢伙竟然用我好不容易到手的項圈享盡好處！」

丈不甘心地跺腳，很是懊惱，一輛漆黑的車忽然停在他身邊。車窗打開，一個身穿黑色西裝、面貌不善的男人惡狠狠地瞪著丈。

「喂！你好大的膽子，竟敢插手我的買賣，害我白白損失了一大筆錢。」

公事包的主人找上了丈。果然沒錯，那些確實是見不得光的錢。身穿黑色衣服的男人下了車，擋在轉身就想跑的丈面前。

「等等。我可沒時間在這裡陪你玩，還得跟老大回報呢。」

又有好幾個黑衣男下了車，包圍著丈。事情看來不太妙。

看到丈一臉焦急，想假裝不知情，黑衣男湊近來盯著他。

「喔，這不是丈嗎？好久不見啦。你之前都躲哪裡去了？」

「啊？原來是你啊，隆二，別嚇我嘛。」

對方是丈從小一起長大的死黨隆二。太好了，他頓時放鬆了身體。

「幸好是你，隆二。最近還好嗎？」

「是啊，能在這裡見到你，終於又活過來了。我躲了很久。」

隆二把手放在丈的肩膀上，問道：

「三年前那天，你從保險箱把那個東西帶走了吧？你藏在哪裡？」

「你在說什麼……我怎麼可能這麼做呢。」

隆二面目猙獰地瞪著丈，揪著他胸口用低沉又有殺氣的聲音怒吼。

「你說什麼！連從小一起長大的我都背叛，嫁禍給我後逃走，這些事你敢說忘了？到你老實招認之前，我可不會饒過你！」

隆二向來兇暴又可怕，生起氣來沒人能治得了他。說出口的話一定會執行，不管是多麼殘忍的事。

丈的身體開始發抖。他很想乾脆地招認、求對方原諒，不過「那天」、「那個東西」、還有「藏在哪裡」，丈就是想不起來。就像只有那一塊回憶被挖空了一樣。

「等、等一等，隆二。我想一想、我努力想想，請你原諒我……！」

強壯的黑衣男們抓住掙扎的丈，將他押進車裡帶走了。

任意郵票

郵筒裡放著一封有兔子插圖的粉紅色信封。

真鈴踮著腳打開玄關外的郵筒，然後失望地說。

「信被退回來了……我明明好好寫上了玲的名字啊。」

信封上用注音寫著「ㄍㄟˇ ㄧ ㄔㄨㄟ ㄌㄧㄥˊ」。翻到背面，「ㄒㄧㄣˋ ㄋㄨㄥˊ ㄊㄧㄥˇ2 ㄅㄛˊ ㄧㄝˋ ㄓㄣ ㄌㄧㄥˊ」。有些字還寫得左右相反，是真鈴自己寫的。

五歲的真鈴認真練習怎麼寫注音，因為她很想跟朋友伊吹玲一樣，也會寫字。

玲是個溫柔又聰明、很文靜的男孩。他能讀字很多的繪本，才四歲就能寫文章。真鈴非常喜歡玲。

「都多虧了玲，我家真鈴也開始對讀書感興趣了呢。」

真鈴媽媽在幼兒園院子裡笑著對玲的媽媽這麼說。玲的媽媽也微笑著點點頭：

「玲這麼怕生我一直很擔心，但是他跟真鈴一起玩的時候，看起來真的很開心。」

「真的是太好了。玲，以後也要繼續跟我們家真鈴當好朋友喔。」

看到真鈴媽媽對自己微笑，玲很難為情地回應了一聲：「嗯。」

那個時候，大家都笑得好開心。

不久前開始，很多事都變得很奇怪。玲不再到幼兒園來，去問老師，老師也只會說：「我也不知道呢，不好意思啊。」

「媽媽，玲為什麼不來幼兒園了？我寫信給他都被退回來了。」

媽媽皺著眉頭說。

「玲他搬家了。我也不知道他搬去哪裡了。寫信的時候除了對方的名字，還得寫地址才能寄到。郵差先生因為認識真鈴，所以才特地幫妳把信拿回來。以後妳就別再寫了。」

真鈴噘起嘴，不滿地說：「可是……」她把要寫給玲的信偷偷藏在平時隨身攜帶的心愛肩背包裡。她心想，去問郵差叔叔的話，他一定會告訴自己玲家的地址。無論如何她都想把信寄給玲。

跟媽媽一起去商店街買東西時，終於等到了好機會。趁著媽媽專心跟幼兒園的媽媽朋友們站在路邊聊天時，真鈴衝進郵局裡。

「信封掉了喔，這應該是妳的吧？」

一個站在入口附近的長髮女人撿起粉紅色信封。

「這個信封寄了也寄不到喔，妳沒有寫收件地址啊。」

真鈴表情沮喪地從女人手中接過信封，小聲地回答：

「我想請郵差叔叔告訴我玲的地址……」

「喔，但是郵差叔叔應該不會告訴妳吧。妳想聯絡不知道怎麼聯絡的男孩是嗎？跟我一樣呢。」

女人從手上的皮夾裡拿出一張郵票，給真鈴看。

「給妳一個好東西。這是我在一間叫『黃昏堂』的店拿到的【任意郵票】。」

郵票上畫著像是金屬機器人的鴿子還有齒輪。正中間有裁切線，將郵票上下一分為二。

「貼上這張郵票的信，就算沒有地址，也一定能夠寄給對方。我試著寄給自己過，可以確定沒問題。把郵票上半部貼在信封上，收到信的人再把郵票下半部貼在信封上，不管妳人在哪裡都可以收到回信。」

女人遞給真鈴一張郵票後，虛弱地淡然一笑。

「我寄出的信應該都寄到了，但是我一封回信都沒收到。都已經寄出幾十封了。這是最後一張郵票，希望妳可以收到回信……」

女人無神地離開，真鈴馬上把【任意郵票】貼在信封上，匆匆丟進紅色郵筒裡。媽媽還在專心跟朋友聊天。

「真沒想到玲他爸爸的公司會突然倒閉。聽說他們連夜逃走、沒人知道去了哪裡……真是人不可貌相呢。」

在那之後又過了一陣子，連假時真鈴坐在爸爸開的車上，到遠處的觀光區去玩。一個人坐在後座的真鈴覺得好無聊。

她打開肩背包，正想拿出兒童遊戲機，發現裡面有一封剛剛出門時還沒有的白色信封。

信封上寫著「ㄍㄟˇ ㄅㄛˊ ㄧㄝˋ ㄓㄣ ㄌㄧㄥˊ ㄒㄧㄠˇ ㄐㄧㄝˇ」，信封後面則是「ㄧ ㄔ ㄨㄟ ㄌㄧㄥˊ」。信封角落貼著【任意郵票】裁切線下半部的郵票。

「哇！玲回信給我了！太好了！」

真鈴開心地打開信封。坐在前座的媽媽被她的聲音嚇了一跳，轉過頭來。

「什麼？玲回信給妳？怎麼可能。」

「真的啦，妳看！」

真鈴把信給媽媽看，還一邊大聲唸了出來。車裡燈光太暗看不清楚，於是她打開遊戲機，用機器的燈光照著文字。

「真鈴：謝謝妳寫信給我，我很開心……」

這時爸爸壓低了聲音對媽媽說：

「是妳寫的回信吧？玩笑也開太大了吧。」

「我才沒寫！哪有那個心情啊。我也是前一陣子才聽說他家的事。一定是真鈴自己寫給自己、在玩扮家家酒吧。畢竟她一個人那麼寂寞。」

媽媽小聲地說，爸爸也顧慮到真鈴的心情，低聲回答：

「沒想到他們一家會出車禍，真是太可憐了。」

「這件事我不打算告訴真鈴。沒想到就在他們瞞著所有人打算搬家時，竟然三個人都走了……當時要去的城市，好像就在這前面。」

真鈴幾乎沒聽到爸爸和媽媽的對話，因為她很認真在讀玲寄來的信。

「我現在在一個又細又長又黑的地方。我跟爸爸媽媽三個人一直待在一樣的地方。一個人好無聊，希望真鈴可以來玩……妳不要……走錯路喔……」

就在這時候，媽媽有點擔心地說：

「爸爸，怎麼還看不見出口啊？這隧道怎麼這麼長？」

「真奇怪，也太長了吧。而且路上都沒看到其他車子，只有我們的車呢。」

爸爸開始發抖，用力踩下油門加快車速。

「快點出去吧。這隧道讓人有點發毛……」

讀著信的真鈴開心地說：

「玲說怕我迷路，要接我耶！」

這時真鈴看著高速行駛的車窗外，甜甜一笑。

「咦？是玲啊！你什麼時候來的？原來你已經來接我了啊。」

家族迷你模型套組

「結實，歡迎啊。妳慢慢玩。」

花南的母親這麼招呼著，臉上帶著溫柔的微笑。她的笑臉真美。在寬廣的玄關換上可愛拖鞋時，結實羨慕地嘆了口氣。

「唉～花南真好，家裡又新又大，這麼漂亮，妳媽媽那麼美，打扮時髦人又溫柔。真是的，跟我家愛生氣的媽媽根本是兩種人～」

花南呵呵地笑著對結實說：

「結實，放學時遇到妳媽媽，她都會很溫柔地跟我打招呼呢。」

「那是在外面啊，在家裡很兇的～功課呢？還不整理房間？總是這樣。」

花南一邊笑一邊帶結實到房間。推開白色房門。

「哇！這房間也太可愛了吧！」

結實驚訝地倒吸了一口氣，環視花南的房間。白色床鋪、公主般的家具。簡直就像時尚裝潢雜誌裡跳出來的房間。

「花南，妳家真的好漂亮喔！我也好想出生在這種家庭裡喔。」

轉學到六年一班的花南家境很優渥，她父母親因為不喜歡住在高樓，所以搬到這附近，在結實念的小學校區內蓋了一棟很大的獨棟房屋。花南給人的感覺清新脫俗、有點距離感，一開始結實也不怎麼敢接近她，但是一次鼓起勇氣跟她搭話後，發現兩個人很談得來，很快就成為了好朋友。

「我們去廚房吧。媽媽烤了餅乾。她最近迷上做點心，廚房的架子上有好多塞滿手工餅乾的玻璃瓶。爸爸還笑著說，我們家都要變成甜點屋了。所以妳不要客氣，多吃一點喔。」

花南個性溫柔文靜，一點壞心眼都沒有。結實心想，那一定是因為她從來沒有遇到生氣或不安的事吧。

（溫柔的媽媽、有錢的爸爸、漂亮的房間、可愛的妹妹。還有毛茸茸的小貓跟好吃的點心，每天被這些東西包圍，那我也可以一直笑嘻嘻的啊。）

花南身邊充滿著耀眼炫目的幸福。

在花南家的時間越久，結實的心就越來越沉重窒息。因為她忍不住要拿這裡跟自己身處的環境相比。結實是獨生女，忙於工作的父母親很少在家，多半時間，她都一個人在小小的公寓房間裡度過。

花南的母親溫柔地看著花南跟可愛的妹妹在廚房和樂融融準備茶點，還拍下了照片。花南難為情地笑著對結實說。

「我媽很喜歡把照片放上社群，好丟臉喔，真是的……」

結實努力地想回她一個笑臉，但是整張臉都僵硬得不聽使喚。

「我想起還有一點事，先回去囉。」

「啊？這麼快啊？那這些餅乾妳帶走吧。我馬上包起來。」

「謝謝。」結實接過花南給她的那包餅乾，但回家路上她把整包餅乾丟在路邊。她覺得心裡一陣一陣地抽痛，實在好難受。

（為什麼花南可以擁有那麼多幸福……？）

就在這時候，她發現有一張紙纏在腳邊。

拿起來一看，是一張舊傳單，上面用裝飾文字寫著「黃昏堂」，還寫著「僅限一位！【家族迷你模型套組】。將你嚮往的照片放進3D複印機，就可以做出迷你模型。使用這個迷你模型就能自由玩出理想中的房子跟家人」。黃昏暮色的街頭，她忍不住抬頭找尋這間店。

狹窄巷弄深處，她看見了那間奇妙雜貨店的招牌。

回到公寓，結實將剛拿到的【家族迷你模型套組】放在小桌子上。這張放在房間角落的折疊桌就是結實的書桌。

她把有好幾顆按鈕的黑色盒子放在桌上，並攤開裝了套組的說明書開始閱讀。

「①請用隨附的平板電腦來搜尋你要找的照片，按下按鈕後，確定挑選的照片。②3D盒會製作出二十分之一比例的迷你模型。※照片只有局部、沒拍完整也無妨，系統會自動計算出整體比例。※也可以輸入人物照片。※需要進行使用者登錄。使用次數有上限。」

上面寫的說明只有這些。結實有點困惑地拿起沒有鍵盤的平板電腦，就好像已經辨識到結實的臉般，平板電腦發出「叮咚」的電子音。自動完成使用者登錄後，顯示螢幕上出現「請進行語音搜尋」的字樣。

「請搜尋剛剛我去的花南家。」

她並不覺得這樣就能搜尋到什麼。不過，平板電腦的畫面上真的出現了花南家。好像是花南媽媽拍了放在社群上公開的照片。她半信半疑地按下確定按鈕，黑色盒子的蓋子打開，出現一些像零件般的小東西。這些小東西看起來就像房子的一部分。

將陸續跑出來的迷你模型依照順序組裝，輕輕鬆鬆就組成一個房子的形狀。

「太厲害了！是花南家！跟真的一模一樣耶！」

結實對平板電腦接連用語音搜尋。

「搜尋花南家的家具，還有家電、衣服、食物。」

平板電腦上顯示的照片，透過3D盒都一一變成完美的迷你模型。不管是家具還是家電，連放在玻璃瓶裡的餅乾都立體地重現出來。

「那間店裡的人看起來有點可怕，但是他說的都是真的呢……」

店主盯著結實問，是不是真的想要這個迷你模型。結實覺得自己嫉妒朋友的心好像被對方看穿了一樣，開始侷促不安。

結實讓平板電腦讀取了很多照片作為數據，製作出迷你模型。花南、花南的妹妹梨音、她的父母親。現在結實桌上已經可以完全重現花南家和她的家人。

「結實啊，歡迎歡迎。妳們慢慢玩喔。」

結實開始拿起花南家族的人偶來玩。不知道幾年沒有玩扮家家酒了。

「廚房架子上有很多裝了餅乾的玻璃瓶喔。」

她動著花南的人偶，假裝是人偶在說話。讓四個人坐在餐桌前，在桌上擺滿好吃的菜。大家一起圍著餐桌用餐，真是美好的花南一家人。

「嗯，今天的飯菜真好吃。果然還是我們家的菜最好吃了。」

結實拿起人偶學著父親的口吻後，不禁皺起臉。

「……搞什麼嘛。跟笨蛋一樣。不想再玩這種幸福家庭的扮家家酒了！」

結實把父親的迷你模型從房間裡拿出來，丟進套組的空箱子裡。

「我爸爸昨天吃飯吃到一半離開，毫無理由就離家出走了……」

隔天，當結實聽到花南眼含著淚這麼說時，她驚訝得說不出話來。

（該不會是因為那個迷你模型吧……？還是單純的巧合？）

結實回家後，半信半疑地從迷你模型的家裡拿走幾件家具。結果馬上就出現了。聽說花南的母親突然開始丟掉家具。

「這果然是花南他們家生活的全景模型……」

她知道，這會讓沒有任何罪過的花南家人受苦。但結實還是無法停止這種不幸的模型遊戲。她把花南的幸福一個一個移到空箱子裡。

花南真實生活中的媽媽開始成為只持有最低限度東西的極簡主義者。在學校的花南表情一邊比一天陰沉，最後花南和妹妹、母親，一起搬到很遠的地方。

「……誰叫花南那麼幸福呢？這樣公平一點也沒什麼不好啊……」

結實按捺住浮上心頭的罪惡感，好幾次這樣說服自己。

她把自己的家族人偶放進那個已經變空的迷你模型家中。包括每天晚上工作到很晚的父親模型，還有同時身兼很多鐘點工作的母親模型，以及那些嚮往已久的美麗家具。

幾天後，結實的父親中了高額彩券。手頭突然變得闊綽的父親買下花南一家離開後的房子，結實的生活變得難以置信地富足。她獲得了過去自己羨慕的一切。但結實卻高興不起來。

結實家族的幸福只有表面。父親跟母親比以前更常吵架，家人之間總是摩擦不斷。以前即使忙碌也總是溫柔的父親現在經常不耐煩，開朗豁達的母親臉上也失去了笑容。結實怎麼也想不起來全家一起擁有的那部分快樂回憶。這就是「獲得想要的東西的代價」嗎？結實終於知道，不管表面條件看起來有多好，也不見得能獲得真正的幸福。

「就算不跟別人擁有同樣幸福也無所謂，我想要原本的家……」

結實看著以前的相簿，開始製作以前住過的公寓迷你模型。眼中充滿眼淚，沿著臉頰滑落。結實後悔地低喃：

「對不起啊，花南。真的很對不起……至少要讓花南家恢復原狀才行……該怎麼做才好？」

她試著把花南一家放回這個迷你模型裡，但並沒有發生任何變化。她想從頭再嘗試一次，但平板畫面上出現「該使用者已超過使用次數」。

「我已經不能再用了。如果可以找到花南，把這個套組給她的話……」

這時結實發現3D套組箱裡，放了一張寄件貼紙。

「【任意宅配便】……？」

「咦？結實寄了東西來給我耶。她是怎麼找到我們家的？」

花南覺得很奇怪，一邊打開這個沒寫地址卻能寄到家中的包裹。

「啊。這個好像姊姊喔，哇，這個是我耶！」

妹妹梨音瞪大了眼睛看著箱子裡的東西。花南也驚訝地拿起迷你模型。

「真的耶！還有跟我們以前的房子和家具一模一樣的迷你模型！太厲害了。」

裡面還有長得很像下落不明的父親，最近總是消沉的母親的人偶。有放在玻璃瓶裡的餅乾、有貓。太不可思議了，一切都跟以前住過的房子那麼像。

「好懷念喔……我很喜歡這間房子呢。梨音妳也是吧？」

「嗯！妳看，這個像影印機一樣的盒子是做什麼的啊？姊姊？」

「說明書上說，好像可以做出迷你房子呢。不然我們來試試看吧。我們來製作一個一看就覺得幸福，溫馨又舒適的屋子吧。媽媽看了一定也會喜歡的。」

花南把一家四口的人偶並排放在懷念的舊家迷你模型中，微微一笑。

減少祈願符

該怎麼樣才能不用功念書就輕鬆考上想去的學校呢？

三谷直紀還是老樣子，完全不做必要的努力，卻對不必要的努力相當積極。所以他原本就不高的學力現在已經低到幾乎沒有希望，眼看著三個月後就要考高中，他卻連小學低年級程度的漢字都不太會寫。

「三谷，你也多少準備一下考試啊。不管哪一科都完全沒看到你努力的痕跡啊。」

班導看著直紀，臉色相當難看。

「你提交志願（最低程度）高中的篩選倍率是一．二五倍。你覺得這表示一百個人考試有多少人會考上？」

「老師，你剛剛是不是小小聲說了最低程度幾個字？」

「你聽錯了。幹嘛老是注意那些無關緊要的事呢？先回答我剛剛的問題。倍率一．二五的話，如果一百個人去考的話有幾個人會考上？」

「一百二十五人。」

「……根據你的計算方式，考上的人比應考的人還多囉？」

班導打從心底覺得拿他沒辦法，深深嘆了一口氣。

「聽好了，這表示一百個人中會淘汰二十個人。你應該也知道，現在的你毫無疑問就是這二十個人之一，校內成績評核也幾乎是絕望的地步。從現在開始給我拚死命地念書！」

「我一定會努力考上的！」

當然，他一丁點都沒有認真念書的打算。

「最有效率又能輕鬆達標的方法只有一個了吧，『黃昏堂』。」

直紀從早到晚都忙著尋找傳說中去了一次就去不了第二次的「黃昏堂」。他的執著終於奏效，直紀再次拿到了「黃昏堂」的傳單。

在這間充滿齒輪的奇妙店面中，店主訝異地看著直紀這麼說道：

「怎麼又是你……很少有人能來我們店裡兩次的……」

「嘿嘿，沒想到我這麼『幸運』！」

店主看著一台應該是用來印刷傳單的機器交抱著雙臂、緊皺眉頭。他戴上護目鏡、取出螺絲起子，正在確認機器有沒有發生故障。

「小哥，我趕時間耶。今天是漫畫的上市日啊。」

店主無奈地輕聲嘆了口氣，拿下護目鏡。他從抽屜裡拿出一個像是遊戲卡牌的東西放在販售台上。卡牌上畫著漂浮在半空的骷髏，像是揮棒球棒一樣揮著一把大鐮刀。上面還有幾個叫人驚恐的紅色文字，寫著《○○減少祈願》。

「這是【減少祈願符】。只要在這個○○裡用兩個字寫下你想減少東西的名稱，然後隨身攜帶，你身邊這類東西就會減少。效果只能維持一天。如果祈願符破損就會隨之失效。商品的說明結束了，出口在那邊。」

「啊？怎麼這麼冷淡啊。說明就只有這樣？用兩個字也太難了吧。比方說空氣之類的嗎？」

「這個想法不錯。我不會阻止你，要不要試著寫寫看？」

「但是我想要的是可以輕鬆讓考試合格的東西耶。聽說至少要減少二十個考試的競爭對手，我才有可能考上。有沒有類似考試當天讓大家突然不想去應考，或者莫名其妙發生嚴重交通阻塞之類的道具？」

「這就看你怎麼用了，根據使用的方法，這個祈願符也有可能達到目的。」

「喔？要怎麼祈願才可以減少考試競爭對手啊？『減少競爭對手』？『減少成績好的人』？這樣字數都超過太多了。『減少天才』也沒有意義，因為我要考的高中，那些腦筋好的人根本不會去考。不懂耶，兩個字也太難了吧。」

「那你不需要囉。」

店主毫不猶豫地正想收回，直紀急忙抓緊祈願符。

「我現在想到了！我這個人總是到緊要關頭才會發揮實力。給你回憶就行了對吧？我是個不執著於過去的人，拿去吧！」

店主看起來興趣不太高，在直紀面前放了一顆透明玻璃球。

「是嗎……好吧，那請把手放在這顆玻璃球上。閉上眼睛。」

玻璃球變成混濁的昏黃色，發出模糊的光線。

直紀失去了之前來過這裡時的回憶。

他還是一樣每天無所事事也不念書，就這樣來到考試當天。

離家之前，直紀在減少祈願符上寫下了兩個字，得意地咧嘴一笑。

「這麼一來我一定能考上。只要到考場就行了，太輕鬆了。」

直紀將祈願符放進制服口袋，從容離開家門。但是卻在車站發生了一點意外。正要搭上電車時，他沒找到開啟的車廂門，錯過了這班車。下一班電車就在直紀正要上車時關上了車門。

他在月台上狂奔，好不容易在電車最後一列車廂發現還開啟的車門，驚險上了車。

「就差一點，好險好險…………緊張到我肚子都開始痛了……」

直紀在電車裡冒著冷汗忍耐著肚子痛。一到車站馬上找廁所。

「廁所、廁所，廁所在哪裡？啊，找到了！」

終於找到了廁所，但卻不知為什麼，不是已經有人，就是暫停使用。

就在他面臨要因羞恥而死還是腹痛而死的終極選擇時，終於有一個老人慢吞吞地從廁所走出來。眼看考試時間一分一秒地接近。不管再怎麼祈禱競爭對手減少，如果不去考試也不可能考上。

「糟了糟了糟了！一定得想辦法趕到考場才行。」

走出廁所後，他狂奔衝進考場。他沒有搭公車，因為總覺得可能會找不到車門。氣喘吁吁地跑了一陣子，終於到達了考場。但這次他竟找不到入口大門。

「在哪裡？大家都是從哪裡進去的！」

直紀拚命爬牆、翻牆進了考場。但是他找不到玄關，繞了建築物三圈，才終於進到會場，終於來到應考的教室前，不過不知為什麼門竟然上了鎖。他咚咚地敲了門，在考試開始之前驚險壓線坐上座位，安心地環視周圍。這時直紀絕望地呻吟。

「不會吧？競爭對手一點都沒有減少啊！大家都坐在座位上！減少應考人數的兩個字計畫應該很完美才對啊！」

直紀從口袋裡拿出祈願符，確認今天早上自己寫下的文字。

（奇怪了，我沒寫錯啊。我寫的是『人口減少祈願』啊。只要我身邊沒有人，不就能幸運考上了嗎？）

但是祈願符上那些像蚯蚓鑽土般拙劣的文字，卻是這樣寫的：

「入口減少祈願」

寶石罐頭

「這也太慘了吧……」

古川正道面色凝重地從山上俯瞰山腳下的村落。

熱辣辣的盛夏太陽下，整個村子的田地都乾涸了。蔬菜枯死在乾裂的土地上，果樹的樹葉病變轉黃。橫貫村子中心的河川裡沒有水，河底可以看到裸露的乾燥大石頭。

這幾年來這個地方遭受到自然無情的反撲，正道住的村落受災尤其嚴重，眼前這悲慘的狀況已經上過好幾次新聞。夏天是猛暑，春天陰雨綿延，秋天低溫、冬日豪雪。

村民多半靠農業維生，現在正苦於貧窮。許多人由於無法忍受這嚴酷的環

境，紛紛不得已離開了這座村子。所有人都深愛這片自然豐富的美麗土地，但是卻陷入不得不離開熟悉村落的境地。有些家庭只有家長到遠方外地工作，無法一起生活。

「就算認真工作，老天還是會這樣無情地打擊我們……」

正道難過地低喃著，這時恰好聽到車子爬上山路的聲音是宅配車。

「古川先生，你的包裹。」

送貨員將一個小包裹交給正道後，馬上原路折返。

正道為人頑固、不擅長與人打交道，所以很少有人會來他家拜訪，更別說有人寄東西給他了。

看看寄件人的名字，上面用整齊的字跡寫著正道獨生女的名字。

「……是百合啊？事到如今還想幹什麼？」

妻子雪江去世後，女兒百合跟個性更加頑固的正道大吵一架，六年前離家出走。當時高中剛畢業的百合現在也已經二十四歲了。時間過得真快啊。

正道拿著包裹坐在家裡簷廊邊，撕開膠帶確認包裹的內容。牛皮紙箱裡放著一個用報紙包起來的小圓罐。

罐身上貼著一張老舊的標籤，以日本畫的風格描繪出櫻桃般的美麗紅色果實，上面還有一行墨筆直書寫著【寶石罐頭】。

「寶石罐頭？」

正道盯著手上的罐頭，並打開隨附的信。

「爸，好久不見。最近天氣炎熱，你身體還好吧？突然寄東西回家，你一定很驚訝吧。但是這個東西我無論如何都很想寄給你。這是【寶石罐頭】。這幾年每次看到惡劣氣候和自然災害的新聞，我心裡就很難受。即使沒有住在一起，這座村子始終都是我的故鄉。我每天都很煩惱，希望能為這座村子做點什麼，有一天我偶然發現一間奇妙的店，找到了這個不可思議的東西。店主說這是以前非常珍貴的東西，現在只剩下最後一個。希望這可以成為我們村子希望的種子……百合」

「她到底寄了什麼過來？」

正道取出箱子裡的圓罐。這罐子有一點重量。搖了搖，聽到哐啷聲響。他指節嶙峋的手指放進拉環一拉，砰地一聲，很輕鬆就打開了蓋子。

「不就是土嗎？大費周章寄這種東西過來做什麼？」

罐子裡放了看來很肥沃的黑土。一個和紙捲軸像小竹筍一樣，從土裡頭探出頭來。

「寶石罐頭．說明書」

那是一張毛筆寫的說明書。罐身標籤上的美麗圖畫跟文字，好像也都是手寫的。

「這罐頭保存了自古流傳下來的寶石種子發芽前的狀態。在精挑細選的培養土中，加入了最佳比例的特殊微生物和有機物。只需要將整個罐子植入土中，澆灌一杯水，即使再乾燥、貧瘠的土地上都能迅速發芽，長出強韌的根，茁壯成長。大約一星期到十天後會開花，三到五天後結實。等到果實變紅熟透，長到透明可以透光的程度、能看到裡面的種子就可以收成。寶石果實可以採收到美麗的種子。※罐子使用環保友善單位認定的環境友善金屬，可以靠微生物來分解，回歸土壤。※每罐只能收成一次果實。收成的果實所採收的種子無法再度發芽，請作為寶石鑑賞。※警告：收成時請特別小心防範『沒有眼睛的鳥』。」

正道無言地看著這份說明書。

「怎麼送了這麼荒唐的東西來？」

他越想越生氣，將罐頭往門外一丟。罐子在堅硬地面上彈跳了幾下，黑土從橫倒在地的罐子裡撒了出來。這時，土中滾出一個一公分左右的圓珠子。在太陽照射下，圓珠發出燦爛耀眼的光芒。

正道一驚，從簷廊起身，將紅色圓珠撿起放在手掌上。

「……這、這就是那個寶石樹的種子嗎……？」

耀眼的光芒讓正道看得出神。這種子當中凝結了各種色調的紅光，看起來就像是蛋白石一樣。他對寶石一無所知，不過還是可以確認現在手上這顆紅色圓珠稀有的美。

仔細一看，紅色圓珠中心有一道鮮亮的綠色。正道種植過許多農作物，他在這道綠光上感受到植物的強韌生命力。那應該是植物的芽。

正道跪在被太陽曬得灼熱的地面，小心翼翼地將散出的土收集回罐中，用指尖在罐中的黑土正中間壓出一個凹洞，輕輕放入那顆紅色寶石種子。

接著正道帶著罐子和裝了水的杯子來到田中。這片田地因為太過乾燥，已經什麼都長不出來，甚至連一隻蟲子都看不見。每當用鐵鍬挖起乾硬的土地，就會揚起一陣黃土。

正道蹲在田裡，把裝有寶石種子的罐子埋在洞底。把土蓋回去後，在上面澆了一杯水。水瞬間就被土壤全部吸收。

正道一直盯著土地那塊上滲水後變色的小圓。一方面覺得不可能有任何改變，但是又忍不住懷抱著一絲希望。

過了一會兒，土上突然冒出一根紅色新芽。

「喔……竟然發芽了……！」

那新芽看起來與其說像豆芽，更像是有著紅色菌傘的香菇。紅色菌傘一分為二，由分裂處迅速伸展出葉片，柔軟綠葉看來水嫩鮮亮。

正道瞪大了眼睛，驚訝不已，寶石種子就在他眼前發芽，長出四片、八片葉子，不斷朝著天空生長。

簡直像在看著快轉錄影畫面一樣。眼前這一切實在太不可思議，他數度捏了自己的臉頰，想確認這不是做夢。

種苗很快長成一株小樹。儘管條件惡劣，它還是不斷地增長枝葉，枝幹也越來越粗。不到兩個小時，樹就長得跟正道差不多高。

夕陽西下，周圍開始變暗時，寶石樹終於不再生長。

「看來生長需要陽光。今天就先休息吧。」

隔天早上，他顧不上吃早餐，就在日出前來到田裡。朝陽升起，照亮了四周，小樹也開始繼續長大。正道每天都帶著祈禱般的心情守護著植物的成長。

過了一星期後。寶石樹已經長成一棵得抬頭仰望的大樹。

「這棵樹真是不可思議……」

在這片一滴雨也不下的乾涸大地上，寶石樹依然牢牢扎根，伸展著茂盛枝葉。從層疊的綠葉間隙，可以看見炫目的盛夏藍天。

這棵樹會結出寶石果實嗎？正道開始思考。假如採收所有種子，不知道有多少價值？如果說明書上寫的沒錯，可能會是一筆相當大的財富。

不過到了隔天，寶石樹卻出現了變化。綠葉漸漸變黃，一片接著一片開始落下。

正道急忙跑回家，用大鍋裝了水。他抱著沉重的鍋子回到田裡，將水澆在寶石樹根部。他大汗淋漓，往返家中跟田裡好幾趟，不斷努力澆水

但是灼熱陽光和熱度彷彿在嘲笑正道的努力，瞬間把土地曬乾。他無法阻止樹葉的黃變。樹葉最終全都枯落，一片也不留。

正道垂頭喪氣，忽然感到濃濃疲憊，連站立都覺得累。他拖著沉重的腳步回

到家。這天晚上因為太過擔心，他完全無法入睡。

可是隔天早上一到田裡，他又重拾了希望。在葉片落盡、乍看之下已經枯萎的樹枝前端，他看到了幾個飽滿的新芽。

嫩芽漸漸膨脹，帶點可愛的紅色。

「寶石樹長出花芽了！」

落葉之後，枯木似乎開了花，可能是類似櫻花的植物吧。

到了隔天，花芽長得更大。正道滿懷期待地在一旁守護，而淡紅色的花就在他眼前漸漸綻放。傍晚時分，寶石花已經滿樹盛開。

在嚴酷條件之下，寶石樹依然能穩穩在乾涸的土地上扎根，吸取些微的水分開枝散葉。現在這顆樹上正盛放著無數朵如夢似幻的紅色花朵。

驚心動魄的美深深打動了他，正道出神地望著這一樹盛開的花朵。此時是他埋下種子的第十天。

之後花瓣開始一片片翩然飄落。鋪滿了整個地面，形成一片柔軟的淡紅色美麗地毯。花落之後樹枝上長出了小果實。這些寶石果實迅速膨脹，形成渾圓外型。看來收成的日子越來越近了。

正道心中充滿了期待，他腦中突然閃過說明書裡的一句話。

「收成時請特別小心防範『沒有眼睛的鳥』。」

記得上面確實有這句話。鳥、小鳥、鳥類。正道腦中浮現了這些字。黃鶯、啄木鳥、山鳩。山裡有許多種鳥，但沒有一種鳥沒有眼睛。

可能是某種怪物？正道心裡很不安。假如真有這麼奇妙又不可思議的樹存在，那麼有喜歡這種果實的怪物也不奇怪了。

看到寶石果實成熟紅透，開始變得透明後，正道下定了決心，要徹夜不眠地守在這棵樹下。從小祖父嚇過他，說怪物會在暗夜裡徘徊。如果怪物會出現，應該就是在收成前的今晚了。

正道在太陽下山的同時，點燃柴薪燒起紅通通的火堆，他抱著獵槍蹲在樹下。整個晚上盯著夜幕，豎起耳朵靜聽有沒有可疑的聲音。

黑漆漆的山中一片寂靜，只能聽到自己的心跳聲。

因為太過緊張而流汗的手變乾時，天已經濛濛亮。朝陽正從山的另一邊探出頭來。

「……好，看來算是平安撐過這一晚了。今天就能收成了！」

這是一個清爽的晴朗早晨。他卸下肩頭的力氣，仰望寶石樹，看到紅色果實結實累累，透著朝光發出晶亮的光芒。果實裡有種子。看起來美得簡直不像這個世間的產物。

他整顆心都沉醉在這夢幻般的光景中，就在這時……

天空突然變暗。晨光照亮的山那頭，有個巨大的漆黑影子往這裡接近。以極快的速度吞噬了整棵寶石樹。

「這就是沒有眼睛的怪物!?可惡，我絕對不會把果實交給你的！」

可怕的振翅聲和刺耳的鳴聲響遍周圍。黑影的一部分籠罩住持槍的正道，遮住他的視線。正道慘叫一聲，用受傷的手臂護住自己眼睛。

他一邊大聲呻吟一邊執好獵槍，朝著黑色怪物扣下好幾次扳機。槍聲迴盪在山裡。黑影化為詭異的形狀擴大後，漸漸散去飄遠。這一切都發生在轉瞬之間。

「果實……寶石果實……」

正道虛脫無力地癱倒在地。樹上已經連一顆果實都不剩。

「沒有眼睛的鳥，原來是『烏』鴉啊……」

本來以為是怪物的黑影，其實是無數隻黑鳥。那是一群渾身漆黑、從遠處很難看到牠們眼睛的鳥群。「鳥」這個字如果拿掉代表「眼睛」的一橫，確實就成了烏鴉。即使在這個不斷遭受烈日灼燒的村子和森林裡，大量烏鴉依然因為找不到食物而飢渴得四處覓食。那群又黑又詭異的鳥，把貴重的寶石果實吃得一點都不剩。

幾天後，正道正從乾涸的田地裡拔出枯木的樹根，一個年輕女人下了車，慢慢走向正道的身邊。正道沾滿泥土的手在工作服上擦了擦，抬起頭來驚訝地說：

「百合……」

「好久不見，爸。本來很猶豫要不要先跟你聯絡，但我還是很想來見你。有些事想當面跟你說。我帶了一個人來見你。」

百合站在車旁，對那個在一旁擔心地看著的年輕男人微笑道：「不要緊的，等我一下。」然後轉向正道：

「爸當年雖然覺得我們太年輕、反對我們結婚，但他工作很認真，我們一直過得很幸福。對了爸，那個寶石罐頭……」

正道避開百合的眼神，無力地握著鍬柄。

「依照說明書寫的種了啊。樹長得很高大，也結了很多果實。那些果實又美又亮。要是能順利收成，說不定能拯救村裡的困境，但是……。」

百合盯著父親，一臉嚴肅地點點頭。

「我猜如果是爸一定會這樣想。你不是一個只顧著自己好的人。我知道如果種下種子長成大樹，你一定會想幫助大家。」

「但是我卻浪費了妳寄來的珍貴種子。那些果實被成群的烏鴉叼走了。烏本來就喜歡長在樹上的小果實。早知道我應該張起網子來防鳥，可是我一心以為會有怪物來，一直拿著槍等在樹下。我真氣自己這麼糊塗。現在只剩下這棵生命燃燒殆盡的枯萎樹根了。」

正道眼睛看著樹根。但百合卻說出了讓他很意外的話：

「不要緊的，爸，你已經做得很好了。雖然沒有果實，但是種子還在。現在受苦的村人都已經拿到可以種出寶石的種子了。」

「村人拿到種子？這是什麼意思？」

「烏鴉吃了很多果實，然後有好幾隻烏鴉飛到村裡，排出糞便。糞便裡有寶石的種子。賣了之後村裡的人就可以重建生活了。」

正道吃驚得半晌說不出話來，他好一會兒才開口：

「這樣嗎……原來大便也有派得上用場的時候。」

聽到父親跟往常一樣不假修飾的說話方式，百合忍不住噗哧一笑。

「對了，爸你應該知道山裡住了很多烏鴉的地方在哪裡吧？那附近一定掉了很多寶石，多到可以讓你一輩子輕鬆過活、不愁吃穿。」

「我不求輕鬆過活。只要能在這座村子裡、在這塊田裡賺到能餵飽我自己的東西就行了。但是如果收集到那些寶石，說不定可以幫整座村子建造水道呢。」

「爸果然是老樣子。媽以前經常說你這個人頑固但是很正直。現在我終於懂她這些話的意思了。」

百合溫柔地說：

「說來也很不可思議，自從我去了買【寶石罐頭】那間奇妙的店之後，總是想不起跟爸吵架離家時的事。其實我很想親自把罐頭送來。但是一來因為太遠，沒辦法馬上來。再加上我身體狀況不太穩定，必須靜養。」

正道訝異地看著百合的臉。

「……為什麼，妳身體哪裡不舒服嗎？」

「不要緊的，現在已經穩定下來了。到了冬天，我們家就要多一個人了。是你第一個孫子喔。」

百合輕輕把手放在微微隆起的肚子上，那雙濕潤的大眼睛盯著正道看。

「是個男孩子。……雖然已經過了六年，我們還可以和好嗎？這個孩子生下來之後，你願意抱抱他嗎？爸……」

正道想回應她，一時卻說不出話來。因為他正強忍著忽然湧上的淚意。當初太過擔心兩個年輕人結婚，而說了很多違心的話傷害百合。這六年來，其實正道一直很後悔。

「……那還用說嗎。先進屋吧。叫他一起來，我們去簷廊泡茶喝。」

說著，正道先轉過身去，搶先在女兒前走向家中。

自動觀察日記

「今年一定要自己好好擬定計畫，完成暑假的自由研究喔。」

上班前的母親正忙著整理吃完的早餐餐桌，同時回頭對光太這麼說。

「不要再像之前一樣，等到開學前才緊張地說自己什麼也沒做。我現在也開始工作了，上班很忙，沒時間幫你喔。」

「不用妳說，我也知道啦。」

五年級的池田光太心情憂鬱地回答。期待已久的暑假終於開始，但雀躍的心情卻一瞬間就消失了。

「今年要做什麼研究，題目決定了嗎？」

「喔、嗯……」

「好，加油啊！那媽去上班了喔。午餐放在冰箱裡。」

母親出門後，光太嘆了一大口氣。

「唉，真麻煩。到底是誰發明暑假要做自由研究的啦。」

一直到去年為止，之所以可以驚險交出自由研究，都是因為媽媽一邊生氣一邊幫忙。不過今年真的得自己來了。

「該怎麼辦啊。」

他的個性喜歡把討厭的事往後拖，所以現在一點頭緒都沒有。

他不想研究太難的主題，希望可以是簡單一點的觀察紀錄。可是植物容易枯死、養昆蟲和青蛙又很麻煩。一開始很有趣，但馬上就膩了，之後都交給媽媽照顧，然後爸爸就會生氣地罵他：「怎麼又來了！」

如果再繼續拖下去，只會讓自己更痛苦。最好可以快點結束這件事，這樣盂蘭盆節就可以帶著輕鬆的心情到奶奶家玩。

「沒辦法，只好去圖書館找找看有沒有能簡單完成自由研究的線索吧。」

結果光太玩了一整天遊戲，離開家時已經接近圖書館的閉館時間了。快步走在暮色降臨的街上，這時有一張老舊的傳單進入光太視線中。

「麻煩的觀察紀錄都交給我！【自動觀察日記】」

「什麼？這是真的嗎……」

黑暗巷弄深處，有一間看起來相當可疑的雜貨店。招牌上發著白光的文字寫著「黃昏堂」。

他有點緊張地探頭看看店裡，一位長得很帥的小哥抬起頭來看著他。

「您是來找【自動觀察日記】的客人吧？」

那位小哥在販售台上放了一個跟厚字典差不多大小的盒子，盒子是用帶點紅色、類似銅的金屬製成，蓋子上裝了幾個齒輪。

「這是生物專用的觀察紀錄裝置。只要把收納在盒子裡的攝影機拉長、朝向觀察對象，打開開關之後這個齒輪就會轉動、開始觀察。每天都會在固定時間印出觀察紀錄，只要整理起來就是一本完整的觀察日記了。」

「太厲害了吧……！這就是我從小學一年級暑假開始就夢寐以求的東西！」

看到激動的光太，這位小哥提醒他：

「但是使用上有一些注意事項。這個機器雖然已經修理過，但是無法重複使用。最長只能觀察兩星期。機器雖然很方便，但是並不像人類一樣具備應用能力，這一點請務必記住。」

光太相當開心地把【自動觀察日記】帶回家。

「竟然有這麼方便的東西，太棒了！讓它觀察什麼好呢。」

他翻開一直放在房間一角的理科辭典，裡面夾著放了蘿蔔嬰種子的袋子。上面有鮮綠的蘿蔔嬰照片，還寫了簡單的栽種方法。

蘿蔔嬰的發芽觀察，用家裡的東西應該有辦法準備好。

「好，就這麼決定！」

光太打開廚房的櫥櫃，尋找塑膠容器，用藥箱裡找來的脫脂綿沾水後鋪在容器底部。回到自己房間，把袋子裡取出的蘿蔔嬰種子散放在容器裡。

接著他把【自動觀察日記】設置在牆面層架上，容器就放在這前面。依照說明將攝影機對準容器後打開開關，這時發現齒輪慢慢開始轉動。

「動了！這道具簡直像魔法一樣，太酷了吧！能夠找到那間店真是太幸運了！那我就一邊看漫畫等著觀察紀錄完成吧。」

光太拿出向朋友借來的漫畫，埋頭進入書的世界裡。

隔天早上母親上班後，光太忽然想起這件事，去查看了放在層架上的【自動觀察日記】。拉開機械下方的紙匣，發現有一張印有文字的紙張。

「八月一日，播種——。十八點三十二分。室溫攝氏二十九度。濕度六〇%。脫脂棉內水分含量一〇〇%——」

室溫、濕度、脫脂綿內水分含量、種子受到日照的時間等，紙張上留下了每隔一小時包含照片的觀察紀錄。

「……挺能幹的嘛。」

這機器最棒的地方就是只要一開始按下「鉛筆記載」按鈕，先登錄自己的筆跡，就可以留下親筆的日記紀錄。

「太神了。簡直完美！這樣一來暑假的自由研究就等於完成了啊！」

隔天觀察紀錄也自動完成。機械不眠不休地運轉著。

直到第二天都很好奇地看著觀察日記的光太，到了第三天就膩了。看到蘿蔔嬰種子發芽、開始奮力往上長時，他有那麼一點興奮，但這份興奮也沒持續太久。對光太來說，沒有什麼娛樂可以贏過漫畫跟遊戲。

他仗著白天母親上班不在家，一整個暑假都無所事事。因為一切都可以交給機器，輕鬆到讓他完全忘記蘿蔔嬰的存在。

等到暑假過了一半，全家一起到祖母家住了一星期回來後，他才又想起觀察日記。距離撒下種子的日子，已經過了兩個多星期。

「光太，你自由研究完成了嗎？暑假只剩下幾天而已囉。」

聽到母親這麼問，光太急忙去看看蘿蔔嬰的容器。

「糟了……都枯了……」

完全乾燥的脫脂綿上，躺著看起來像乾草一樣的蘿蔔嬰。打開機械的紙匣，裡面依序塞滿從第一天開始印出來的觀察紀錄。

根據這些紀錄，蘿蔔嬰好像在播種後的第五天就枯了。

一看到第六天的紀錄，光太不由得大叫了一聲：「啊！」

本來以為觀察紀錄就結束在這裡……沒想到，從第六天開始，機器竟然開始觀察光太。他一整天在房間無所事事的樣子，都留下了十分仔細的照片紀錄。每天的身高、體重、脈搏、行動。可能因為蘿蔔嬰枯死了，攝影機自動尋找房間裡的生物，也就是光太，重新開始觀察。

「這根本是『兒童觀察日記』啊……」

漫畫、零食、遊戲、午睡、遊戲、零食、漫畫。

超出想像的邋遢生活，連自己看了也只能搖頭，這時，身後傳來母親的聲音：

「喔，光太，那是你自由研究的觀察紀錄嗎？很棒嘛！」

「哇啊！」

光太嚇了一跳，手上的觀察紀錄紛紛散落在地。

「哎呀，你這孩子怎麼這樣冒冒失失的。」

母親笑著撿起紙張，看著手上這些紀錄。笑容瞬間從她臉上消失。她瞪大了眼睛讀著這些紀錄，她一把搶過光太撿起來的紙張。

「……我問你，這是怎麼回事？這些都是真的嗎!?」

母親面色凌厲地將視線轉移到光太身上，板起臉來。

「糟了。得趕快報警才行！」

「啊！報警？為什麼？對不起啦！沒有做自由研究是我不對，我也不應該每天只顧著玩！妳不要打給警察啦！」

光太拚命道歉，但母親根本聽不進去，急匆匆地要打電話。

「……警察局嗎？有小偷進我家了。對，我知道闖進來的日期和時間。家裡的攝影機自動拍下來了……」

【自動觀察日記】清楚地拍下了從光太房間的窗戶潛入家中的可疑男人。光太不在的房間中，機械又偵測到了新的「生物」。

小偷很快就被逮到。因為他的身高、體重、身上穿的衣服和手上的刺青都被詳細地記錄下來。這是一個跑遍全國闖空門的惡劣慣犯，趁著光太一家去祖母家玩的時候偷偷潛進了這間房子裡。

雖然受到警察的感謝，但是一整個暑假過得懶懶散散這件事讓光太被母親狠狠痛罵了一頓。母親雙手插腰，怒目瞪著他。

「怎麼能把觀察紀錄都交給機器！再說了，你去年不是也寫了蘿蔔嬰的觀察日記嗎？明明買了種子給你卻弄丟在房間裡，後來又補買了一次你都忘了嗎！」

「啊！所以理科辭典裡才會夾著種子啊。我竟然忘得一乾二淨……」

對了，當時那間店的小哥好像說過：「我會拿走一點你的回憶喔。」

「但是拿走我這種無聊的回憶有什麼用啊？真奇怪。」

光太嘴裡喃喃發著牢騷，今年還是得在暑假尾聲拚命完成自由研究。

灰姑娘運動鞋

今井春奈超級討厭運動，但是她偏偏又熱愛狂吃高熱量的食物。所以體型一直圓滾滾的。

升上國中時做的制服裙子腰圍還很鬆，到現在國三已經變得很緊很難受。打噴嚏時鈕扣很有可能會飛出去。

減肥這兩個字也曾經出現在腦海中，但她不想面對現實。照鏡子的時候盡量不看全身，拍照會找下巴看起來尖一點的角度，拍好再加工修圖一下。

春奈除了吃之外第二喜歡的事，就是幻想。

「我的身體是塞滿海綿的人偶。其實真正的我是個苗條美少女。跟我夢中的王子相比，班上那些男生根本是垃圾。」

但是每當聽到朋友交了男朋友，她就會有點心急。一直像這樣活在幻想中，也實在有點空虛。

而這樣的春奈在「黃昏堂」買到了一雙【灰姑娘運動鞋】。

乍看之下，只是一雙好看的白色運動鞋，但是仔細一看，鞋子有點透明，還散發著晶晶亮亮的耀眼光芒，好像充滿了魔法的神奇力量。

不過再怎麼愛幻想的春奈，平常也不會相信現實世界中真的有魔法。但如果是在春奈腦內被變幻成「從異世界意外闖入這個世界，乍看冷酷實則熱情的黑魔法師」的帥氣店主說的話，那麼她就覺得可以相信。

「穿上這個，就會接連發生不可思議的巧合，妳會越來越美，也會遇到理想的王子。」

這個神祕的黑魔法師用他帶著魅惑魔力的漆黑眼睛盯著春奈，輕聲低語。

「這雙運動鞋是珍寶中的珍寶。拿去吧，被關在人偶裝裡嬌弱的公主殿下，妳就是最適合當灰姑娘，唯一的……」

「啊！這幻想也太刺激了吧。呵呵呵，反正也買到了可愛的運動鞋。」

支付的代價是「一部分的回憶」，不過好像沒有什麼實際損失。應該是很划算的折扣品。

隔天早上，春奈雀躍地穿上了新的【灰姑娘運動鞋】。這時，兩個姊姊先衝出玄關，速度快到幾乎要撞倒春奈。

「真是的！走開啦，春奈！妳知不知道自己很占地方啊！」

春奈家裡還有上大學的大姊冬美跟上高中的二姊千秋。兩個姊姊都是現實生活也過得很充實的美女，春奈總是被她們瞧不起，她也經常因此滿肚子氣。

「哼！這兩個壞心眼的姊姊，總有一天要讓妳們嚐嚐被逆轉的滋味！」

她發著牢騷走在上學的路，突然有一隻正在散步的吉娃娃不顧主人的制止，興奮地追著春奈跑。

「哇呀！」

她幼兒園時期曾經被狗追，掉到路邊水溝，從那之後就很討厭狗，所以春奈拔腿狂奔地逃走。擺脫了狗的追趕之後，她還是很緊張，不斷確認身後，一邊走向國中。

「呼，繞了一大圈，但總算是到了。咦？為什麼沒有人上學？」

校園裡的時鐘指向八點半。春奈看到公布欄上的聯絡事項，嚇了一跳。

「什麼？今天是上個月活動的補假日，不用上學！太不甘心了，為什麼會忘記這麼重要的事？要是記得，我就可以賴床了啊～！」

身後傳來汪汪的狗叫聲。一驚之下轉過身，剛剛那隻吉娃娃正朝著春奈筆直跑了過來。

「呀！別過來！」

春奈拚命地跑，想逃離那隻狗。她氣喘吁吁地坐在附近公園的長凳上，全身虛脫無力靠著椅背。今天早上到目前為止，春奈的運動量已經是平時的幾十倍。

「好、好、好累啊……別說跑了，我平時連走路都懶呢，可惡的狗！」

從這天起，春奈的苦難就開始了。每天不管她走那一條路上學，一定會遇到同一隻吉娃娃。也不知道為什麼，那隻狗一看到春奈就異常興奮，甩掉飼主阿姨的牽繩追著她跑。

春奈每天早上都跑得筋疲力盡。最近連放學都會遇到那隻狗。

「我不想再這樣跑了啦！該不會是這雙運動鞋的詛咒？」

之前的運動鞋因為太破爛，已經丟了。她求母親買其他運動鞋，但是母親堅持「現在這雙不是穿得好好的嗎！」一點都不為所動。

她試著偷穿了姊姊冬美的運動鞋，可是尺寸對春奈來說太大，穿起來很鬆。而且冬美知道她偷穿之後，比以前更頻繁地使喚她。

「那雙運動鞋是我的吧！被妳弄髒了啦！妳得幫忙跑腿當作贖罪。」

「今天代替我去掃廁所！去便利商店幫我買冰咖啡。」

就連二姊千秋也搭了便車，一直叫春奈做事。不只這樣。兩個強勢的姊姊還會故意搶走春奈的點心或晚飯的配菜。

「怎麼覺得我真的跟灰姑娘一樣。」

春奈一邊嘆氣一邊到附近超市跑腿，這時又遇到了那隻吉娃娃。

吉娃娃的主人跑到被狗追得上氣不接下氣的春奈身邊，對方長得很漂亮，她一臉愧疚地跟春奈道歉：

「真的很抱歉……我想跟妳賠罪。我現在經營一間叫『神仙教母』的服裝店，如果有妳喜歡的衣服，能不能讓我送給妳？」

她之前一直暗自在心裡忿忿怒罵著這個阿姨，不過實際上對方是位很有氣質的成熟時尚女性。沒想到這個阿姨……不、這位小姐竟然是超紅女性服裝品牌的老闆。

「啊！那、那麼貴的衣服真的可以送我嗎？那、那我就恭敬不如從命了。」

春奈被帶到一間她以前從來沒踏進去過的時髦服裝店，店員也都很親切地招呼她。

「哇，好可愛的運動鞋喔。我們來搭配一套適合這雙鞋的服裝吧。這件連身裙怎麼樣，春奈小姐？」社長西牧小姐微笑地對她說。

水藍色的秀氣連身裙讓春奈看得沉醉不已。柔軟蓬鬆的短袖、從腰間開始疊著好幾層細緻可愛蕾絲的蓬蓬裙。

「好像電影裡灰姑娘的禮服喔……但是這麼小的尺寸我……」

雖然每天被狗追，又被姊姊們搶走點心和炸雞塊，現在確實比以前瘦了許多。

「一定沒問題的。我對自己看衣服的眼光有信心。我們公司主辦的花園派對剛好快開始了，妳一定要穿上這件衣服來參加。」

春奈受邀到西牧社長宛如城堡般的豪宅參加花園派對。受邀的客人都是各界名流。春奈感覺自己好像來錯地方，正覺得侷促不安時，一個俊美男子走近她身邊，遞給春奈一杯玫瑰色的飲料。

「不好意思突然來搭訕，因為妳實在太可愛，我對妳一見鐘情……」

春奈驚訝得合不攏嘴，看著那男孩的臉。不會有錯，他就是現在深受女孩們歡迎的白馬王子，人氣爆棚的偶像團體「迷人王子」裡的優月。記得他的全名應該叫作……西牧優月。咦？西牧？

「這是我兒子。」西牧小姐微笑地說。這一切實在叫人太意外了。

「優月，這位小姐是不是很可愛？怎麼樣？以後要不要娶回家？」

發展得也太快了，春奈有種頭暈目眩的感覺。

（太、太、太難以置信了……！真的跟灰姑娘的故事一樣啊……！）

自己變得又苗條又可愛，穿上漂亮的禮服，受邀參加城堡般豪宅裡的派對，被白馬王子告白，甚至還要嫁、嫁給他？

優月熱切的視線看得春奈雙頰緋紅，她有些喘不過氣地說：

「你、你不要這樣看我啦……怎麼覺得越來越熱了……」

就在這時，不知從哪裡來的鐘聲傳進了春奈耳裡。

一、二……五……八……十二。鐘聲剛好敲響了十二下後，停了下來。

「……好熱。……咦？」

春奈在公園長凳上睜開眼睛。太陽照在頭頂上，灼燒著春奈的肌膚。她全身汗濕涔涔，身上穿的不是水藍色的禮服，而是平時穿的國中制服。用手背擦去額頭上的汗，看看時間，剛好中午十二點。

「妳看起來很累呢。從早上一直在這長凳上睡覺。」

一位坐在陰涼處長凳的老爺爺咕噥地對春奈說。

「啊……我睡著了？不會吧。」

春奈看看腳下的運動鞋，竟然跟剛買時一樣新。明明每天都穿，照理來說應該有點髒了。拿出手機來確認日期。

「什麼！今天還是補假日啊！距離早上穿上這雙運動鞋出門，才過了四個小時！」

來到放假的學校後，她因為跑得太累在公園的長凳上休息，就這樣熟睡不起。

看看腳下的運動鞋，右腳腳踝處有個紅色按鈕。春奈終於想起她跟店主的對話。

「穿了之後如果不適合，可以退貨嗎？」雖然她看著帥哥店主看到出神，但這方面倒是挺謹慎，堅持不肯退讓。店主逼不得已終於拉高聲音說：「那我附送妳一次試穿體驗，如果想取消，就按下這顆按鈕。運動鞋會自動退還到店裡。」

「……所以說？……之前的……全都是試穿體驗？」

她奮力大叫了一聲，腰圍很緊的裙子鈕扣瞬間被彈了出去。

如果繼續穿著這雙灰姑娘運動鞋，確實可以擁有苗條的體型。春奈想起試穿時體驗到的「真・灰姑娘生活」。

變得苗條又可愛的自己、漂亮的禮服、名流出入的派對、被當紅偶像帥哥看上、從此嫁入豪門。……太美好了。真是完美。

可是每天得被狗一直追著跑，繼續被姊姊們使喚勞動身體，忍著不能吃最愛的炸雞塊、炸豬排、蛋糕、洋芋片，持續這種生活需要超凡的努力和耐力。就算在夢裡自己都因為太過難熬而叫苦連天，假如是現實，自己真的能承受嗎……？

春奈懶散地靠在長凳上，悠悠說道：

「……還是退貨吧。」

怪談集點遊戲

「暑假的校園露營，好期待喔。」

「今年會是什麼康樂活動啊？」

每年接近暑假時，「校園露營的康樂活動」就成為五年級生熱烈討論的話題。唯花上的小學在五年級的暑假有「校園露營」這項活動。六年級暑假會到高原進行三天兩夜的真正露營，這次校園露營就像是事先預演。如同活動名稱，到時會在校園裡搭起帳篷，一起煮咖哩吃、一起在營火堆旁玩遊戲度過一個晚上。

其中大家最期待的就是所有人都要參加的康樂活動。

內容可能是跳舞、尋寶遊戲、試膽大會，大家可以自由企畫、提案，透過投票方式決定最受歡迎的康樂活動。每年都是學校的一大盛事，提案的人還會被視

為學校裡的風雲人物。

（一定要想個會被採用的企畫！既然是夏天，還是恐怖類的比較好吧。）

在討論露營康樂活動的班會上，唯花很認真地思考。姊姊優花兩年前提出的試膽大會非常受歡迎。對於樣樣都想跟姊姊一爭高下的唯花來說，這次她可不想輸。

（一定要想出比姊姊的試膽大會更可怕的點子！）

放學走在路上，她腦子裡也一直想著該怎麼提出比姊姊更高明的康樂活動。一回神才發現不知不覺中太陽已經西沉，周圍的橙橘色光線跟昏暗暮色開始交雜。原來離開學校後已經漫無目的地走了這麼久啊。

她感覺自己就好像突然踏進黃昏的世界中，有些不安地環視周圍。發現這是經常經過的小路後巷後，才終於放下心來。一定是因為自己太認真想事情，時間才會過得這麼快。

這時唯花腳邊飄來一張紙。其實也沒有風，但不知為什麼，那張紙就像生物一樣緊緊黏在她腳上，怎麼甩也甩不開。

拿起來一看，是一張紅褐色的傳單，上面用裝飾文字寫著「黃昏堂」。

「以驚人低價提供不可思議的雜貨，能立刻實現你的心願。」

「黃昏堂……？這該不會是姊姊說的……」

唯花驚訝地看著傳單。她昨天碰巧聽見姊姊跟男朋友的對話。

——我去過那間傳說中的「黃昏堂」喔。兩年前正在想露營的康樂活動時，偶然發現的。我在那裡買到了很可怕、很不可思議的東西……是真的，我沒有騙你……！

唯花在狹窄的巷弄深處發現了一個很容易被錯過的狹小入口，她還看見了一扇裝有大齒輪的銅色門扉。霓虹燈飾招牌的文字發著白亮的光芒，店名隱約浮現在這當中。

「黃昏堂」

唯花的喉嚨因為緊張而發出咕嚕聲響。心裡有個聲音在阻止她，不要接近那裡。但是，姊姊之前就是在這裡拿到了什麼，才讓恐怖康樂活動大獲成功。

唯花強迫自己放下不安的念頭，踏進巷弄深處。

「如果要把恐懼用在遊戲上，得有一定的覺悟。即使是這樣妳也想實現願望嗎？」

昏暗又詭異的店內，店主再次向她確認。販售台上放了一個金屬筒。店主肩上的黃銅鳥那對寶石般的紅眼睛也直盯著唯花看。

「這是【怪談集點遊戲】。只要把這筒子裡的透明膜片疊放在地圖或建築物的平面圖上，在怪談景點上就會出現藍色的魂形符號。」

「那個……請問怪談景點是什麼……？」

「就是能連接妳所在的世界跟另一個世界的景點。在這些地方會出現妳們所謂的『可怕』東西。」

「聽你的意思，好像覺得真的有另一個世界？」

店主微微聳肩，臉上露出嘲諷的笑容盯著唯花看。

「要不要相信是妳的自由。對了，之前也有一位客人跟妳說了一模一樣的話。這就是當時那個客人買的東西，只剩這最後一個了。如果有需要的話，可以用妳回憶的一部分來買下。」

「重疊在校舍平面圖上的透明地圖，會依序顯示出怪談景點。闖過一個關卡後才會出現下一個景點，得依照順序。不能跳過順序，否則就是違反規則。假如不去怪談景點，上面就不會出現『完成』的符號。」

隔天放學後，唯花在空無一人的教室裡對三個朋友說明。

「一定要闖完所有的景點。這就是闖關的規則。」

「好可怕！這太適合康樂活動了吧！以四、五個人為一組，拿著這份地圖到怪談景點拍下照片作為證明。然後計時來比賽如何？」

興致勃勃這麼說的是個性活潑的璃子。向來喜歡怪力亂神的乃彩也頻頻點頭附和。

「這絕對會超受歡迎的啊！交出這個企畫，大家一定會贊成的！我們小學校舍這麼老舊，又有很多空教室。唯花真厲害，好期待喔！」

「我記得兩年前試膽大會的企畫好像也是去尋訪校舍怪談對吧？」

個性老實的波奈問道。聽起來似乎被拿來跟姊姊比較，唯花有些不高興地說：

「才不是呢。那個計畫本來要在學校內進行的，但是最後改到校園變成試膽大會了。改成校園辦的原因是……咦？是什麼呢……？」

以前姊姊曾經說過變更理由，現在唯花不知怎麼就是想不起來。

（算了。既然想不起來，應該也不是什麼重要的事）

「校內的試膽大會恐怖多了！我們學校還有七大不可思議事件呢。」

聽到璃子這麼說，乃彩也開心地點點頭。

「階數會變的階梯、被天花板滴下的血敲響的鋼琴、會映照出死人臉的鏡子、會動的人體模型。」

「好、好了啦，好可怕喔……不要再說了。我覺得康樂活動不用那麼可怕也可以吧。」

波奈一臉不安地反對。老實的波奈膽子很小。

「沒關係啦。我們四個死黨一起來企畫出留名學校青史的可怕康樂活動吧！一定要爭取大家的支持！」

唯花在事先準備好的學校平面圖上，疊放從金屬筒裡拿出的透明膜片。

「要不要試試看？看看這個地圖有沒有用。……咦？符號出現了。真奇怪，已經壞了嗎？」

唯花偏著頭。五年二班教室亮起了鬼魂形狀的藍色符號。大家一起看著那個藍色鬼魂符號消失，取而代之的是個「完成」的印章。

「下一個藍色鬼魂符號亮起來了，地點在中央樓梯。」璃子說道。

「好！那我們就開始怪談集點遊戲吧！」乃彩興致相當高昂。

「不、不太好吧……萬一真的有什麼事怎麼辦？」

波奈太過害怕，忍不住阻止大家，唯花輕聲笑著說。

「大家一起，不用害怕啦。我們走吧！」

四人追著地圖上顯示的藍色鬼魂符號，開始在校內探索。

「階數會變的樓梯，這是學校的經典怪談呢。本來應該只有十二階的樓梯，一邊數一邊爬，不知為什麼竟然有十三階……站在轉角平台往上看，發現昏暗天花板上有根繩索吊著一具屍體……哇呀呀呀呀呀！！」

先爬上樓梯的乃彩發出尖叫聲。轉頭看著驚訝的大家笑了。

「騙妳們的啦。怎麼？妳們怎麼都僵住了？」

「討厭啦，妳的尖叫聲真的很嚇人耶！心臟都差點被妳嚇到跳出來了！」

璃子氣呼呼地衝上樓梯，向乃彩抱怨了兩聲。同樣被嚇到心臟快跳出來的唯花也苦笑著爬上樓梯。

「這樓梯本來就是十三階吧。」

這時乃彩看著唯花，一臉認真地說：

「啊？十二階吧。之前下樓的時候我數過。而且大家不是都說爬這樓梯時不能數有幾階嗎？得想著其他事，一口氣爬上去才行。」

「是、是嗎？那應該是我數錯了吧。我記得是十三階的啊。」

就在唯花覺得心裡有點毛的時候，轉角處的波奈尖叫了一聲。

「哇呀呀呀呀！那裡好像有東西……！」

「冷靜一點，波奈。」乃彩說：「只是有條繩子從天花板垂下來而已。妳看，那根繩子纏在天花板的樑上，不是屍體。」

「真、真的耶。什、什麼嘛……嚇我一跳……乃彩，妳也太冷靜了，真厲害。」

嚇到差點腿軟的唯花這才鬆了一口氣。

「不過，那確實是繩子沒錯啦，但為什麼會掛在那種地方啊……？」

璃子喃喃低語時，唯花發現地圖上的符號有了變化。「變成『完成』符號了……這表示我們確實看到了什麼……？」

「怎、怎麼可能。根本是張爛地圖。剛剛在教室時符號不是也變了嗎？走吧，我們去下一個地方。」

璃子表情僵硬地說。只有乃彩還是一動也不動。

「下一個鬼魂符號就是附近的音樂教室。天花板滴下來的血會敲響鋼琴。」

就在這時，噹……、噹……，鋼琴聲響。四人驚訝地面面相覷。聲音確實是從音樂教室傳出來的。

「可、可能是有誰留在學校裡彈鋼琴吧……」聽唯花這麼說，「最好是這樣啦。」璃子不安地回答。波奈一句話都說不出來，滿臉鐵青。

乃彩看到大家驚恐的樣子，無奈地嘆了口氣：

「反正一定是雨水剛好滴到鋼琴鍵盤上之類的啦。爺爺經常說：『枯萎蘆花形似鬼』。本來覺得是鬼，沒想到只是枯萎的蘆葦。好，我們去確認一下吧。如果我們自己都玩不了這種集點遊戲，那要怎麼介紹給班上同學呢？對吧？唯花。」

「嗯、嗯……妳說得對。可是……」

唯花的聲音越來越小。老實說，唯花有點害怕這些鬼怪之談。

「……雨滴不可能在鋼琴鍵盤上敲出聲音的……因為鋼琴蓋一直是蓋上的，老師還上了鎖。照理來說，沒有人能彈鋼琴……」

波奈這些話連乃彩也沒辦法回嘴。眾人頓時陷入一片尷尬的沉默。

偷偷看了看音樂教室的四個人，變得更加安靜。因為教室裡一個人都沒有，窗外也沒有下雨。鋼琴蓋蓋上。不過音樂教室裡迴響著噹……噹，用力敲打著鋼琴鍵盤的聲音。

唯花手上的地圖，在音樂教室的地方浮現出『完成』的符號。

唯花發現自己的手開始微微顫抖。

「這太奇怪了。一定是有人在惡作劇，想嚇我們。」

走出第四個景點理科教室時，璃子生氣地說：

「沒有人碰的人體模型怎麼可能突然倒下。模型應該放在上了鎖的準備室裡，是誰拿出來的？可能是喜歡裝神弄鬼的人吧？」

「啊？等等，璃子。妳現在是在懷疑我嗎？」

乃彩不高興地反駁。璃子滿臉不悅避開了乃彩的視線。

「沒有啊。但是這一連串的怪事也未免太多了吧？乃彩不是對鬼怪的東西最熟悉嗎？北校舍鏡子會映照出死時的容顏，也是乃彩說的吧？剛剛我在鏡子裡看到老婆婆身影、發出尖叫的瞬間，也剛好是乃彩在我後面。」

「妳的意思是我在嚇妳們？我才沒那麼無聊！怎麼不說妳自己呢？璃子平時不是最愛捉弄人的嗎？該不會是妳搞的吧？」

「璃子、乃彩，好了啦，拜託妳們別再吵了。」

眼前的氣氛劍拔弩張，唯花怯生生地阻止兩人。

「唯花，我看算了吧。這樣繼續下去根本一點都不開心。」乃彩說道。

「能算了嗎？怪談集點遊戲途中中斷是違反規則的吧？這張地圖會出現這種詭異的符號，如果出現什麼詛咒不是很可怕嗎……？」

聽到波奈這些話，其他三個人也都沉默地點了點頭。因為這張地圖的存在就已經很令人發毛了。

唯花想起店主的話。

——要把恐懼用在遊戲上，得有一定的覺悟——

「……既然這樣，不如快點跑完所有景點，快點結束。學校的怪談通常是七個。如果加上剛剛教室裡的，現在我們已經拿到五個『完成』符號了。」

璃子說完後看著唯花。「下一個景點出現了嗎？」

「嗯。下一個是這裡，我們眼前的用具室。」

「聽說打開這扇門就會被拉進異世界對吧？進去吧。我可不想受詛咒。」

乃彩逞強地說，打開用具室的門。大家一起踏了進去。

「看起來沒什麼特別的呢。走吧，地圖上已經出現『完成』符號了。」

唯花快速走出用具室。來到走廊上一看，地圖上已經出現了第六個「完成」符號。璃子看看窗外，很不安地說。

「剛剛窗外有這麼暗嗎？不是才過幾分鐘而已嗎？」

「真的耶，現在窗外一片漆黑，看起來好像已經晚上了……現在幾點啊？」

就連乃彩好像也有點忐忑不安。周圍安靜得叫人害怕。

「怎麼突然間除了我們之外的其他人都不見了。學校裡變得這麼安靜……」

唯花看著地圖，從喉嚨擠出沙啞的聲音。

「……第七個符號亮起來了。在這裡……這條走廊也是怪談景點嗎？」

有種不好的預感。唯花的心臟噗通噗通跳。她緊張到幾乎要窒息。會不會被捲入什麼可怕的事情裡——？

波奈忽然說：

「我以前聽說過，有人單純出於好玩逛遍學校的怪談，結果永遠無法離開學校。我們在空無一人的走廊上聽到的，就是那些人的腳步聲。」

「我們快走吧！得快點回去拿書包！」

唯花大聲叫著，朝著教室在走廊上衝了起來。大家的腳步聲也跟在她身後。

但是不管再怎麼跑，就是跑不到教室。璃子顫著聲說：

「怎麼可能在學校裡迷路……沒有盡頭的走廊……？好可怕喔，我想回家。」

「這地圖的規則是得跑完所有景點。只要亮起藍色符號，我們就無法結束遊戲！一定是這樣的。」乃彩氣喘吁吁地這麼說：「唯花，應該沒有下一個符號了吧？現在應該已經有七個『完成』符號才對！」

「不，又出現了……這是第八個。到底還有幾個啊？」

「討厭啦！我不想看到這種地圖了！」

璃子從唯花手中搶走地圖，丟在走廊地上。她用力踩著地圖怒聲大罵。

唯花出神地想，每次都是這樣。璃子很容易暴怒，乃彩都沉浸在自己的世界中，我得當兩個人的和事佬。這三個人從幼兒園時期就一直在一起，雖然也會吵架，但總是很快又和好。三個人總是在一起。……三個人……？

「……欸，璃子、乃彩，我們總是三個人在一起對吧？……波奈是誰？」

她覺得全身像被淋了冷水般，背脊一陣涼。在開始玩集點遊戲的教室，已經多了一個人。一個叫作波奈的陌生人。……或者說，「陌生的存在」。

「現在才發現嗎？」

波奈站得離大家有點遠。

看到她詭異的樣子，唯花的身體無法控制地開始格格發抖。巨大的恐懼讓她合不攏嘴。乃彩也滿臉鐵青地顫抖，璃子完全控制不住自己、發出恐懼的哀鳴。

陰暗的走廊正中央，有個難以相信的東西。

沒有上半身、只剩腳的可怕「存在」。

——所以我不是說了，別再繼續了。兩年前那個人乖乖聽了我的警告，沒有在學校裡玩——

嗤嗤的笑聲。

——真希望集點遊戲快點結束——

空無一人的陰暗走廊上，響起啪嗒啪嗒的離去腳步聲。

乃彩顫抖的手指指向掉在走廊上的地圖，沙啞地說：

「……妳、妳們看。所有隱藏景點都出現了……」

【怪談集點遊戲】地圖上，出現無數搖擺的藍色火焰。

姊姊曾經說過的話，不知為什麼，她就是無法全部想起，但是唯花腦中掠過其中一些片段。

……校舍下面……以前是座大墳場……隨便在那裡玩……很……很危險……

夢想火柴

「那店長，我今天就先做到這邊喔。」

聽到圭介的聲音，正在便利商店把商品上架的店長抬起頭。

「除夕還臨時請你來上班，謝啦。你不是有點感冒嗎？真是抱歉啊。」

「不會不會，只是小感冒，反正我本來也沒什麼計畫，不用客氣啦。大學同學都回老家了，我很閒啊。」

「你不回家嗎？你爸媽一定很期待你回去吧。」

聽到店長這些話讓圭介頓時心裡一陣淒涼。他擠出笑容回答：

「我沒有家可以回啊。爸媽好幾年前就走了。」

「這樣啊……抱歉，勾起你的傷心事。新年快樂啊。」

「好啊，店長你也是，新年快樂。」

圭介向店長低頭致意後，把便利商店制服掛在置物櫃裡，走上即將日暮的街頭。平時這時間應該還很熱鬧，但除夕的街頭顯得格外安靜。大家一定都在忙著闔家團圓的過年準備吧。

「變得好冷啊，今天晚上說不定會下雪呢。」

深深吸了一口冷空氣，聞到一絲雪的味道。可能因為自己來自雪國，圭介可以感覺到下雪之前空氣中特有的味道。

這令人懷念的味道喚醒了他的兒時回憶。窗外翩翩落下的積雪，母親在暖爐桌上的瓦斯爐煮著火鍋，不斷冒出白色蒸氣的鍋子。

「……今天自己來吃個鍋吧。冰箱裡的剩菜應該可以湊合。」

來東京時，他從老家帶來一個老舊的桌上型輕便瓦斯爐，一直捨不得丟。最近經常搬家，有時候住的房子可能還沒申裝瓦斯，對他來說桌上型瓦斯爐的存在重要極了。

「對了，好像沒有點火用的打火機。回店裡去買好了。」

正轉身打算回便利商店的圭介腳邊，飄來了一張老舊傳單。他莫名地好奇，撿起傳單來看了看。

「『黃昏堂』？沒聽過呢。是哪裡的店呢？」

傳單上除了齒輪的插畫，還寫著「以驚人低價提供不可思議的雜貨，能立刻實現你的心願」。

「僅限一位！【夢想火柴】。點起火柴的火光，就會出現想見你的人，溫暖你的心。」

圭介皺起眉。「出現想見你的人」這句話觸動了他的回憶。

圭介這一年來搬了好幾次家。因為有個女孩單方面對他抱持好感，他拒絕交往後對方依然頻繁寄信來，不堪其擾之下，他只好搬家。

對方絕不可能知道他的地址，但不知為什麼，家裡總是會收到對方的信。

更叫人發毛的是，信封上完全沒有寫上圭介的地址或郵遞區號。每一次的信封都一樣，貼著一張畫有機械信鴿圖畫的郵票。

因為這樣，圭介開始不太敢跟朋友交換地址或電子郵件信箱，一個人的時間變多了。原本就無依無靠的圭介，偶爾會感到無可救藥的孤獨。

要是寫信來的女人出現就不好了，圭介繼續往前走，想丟掉那張傳單，就在這時。

「請等一等。這傳單找到了你。」

一個年輕男人用這句不可思議的話叫住了圭介。男人五官端正，但打扮有些特別。他身穿白色襯衫、戴著皮製圍裙，脖子上還掛著護目鏡。

男人走近圭介，遞給他一個細長的黃銅盒子。

「這個給你。請收下吧。」

那是一個上面裝了小齒輪，剛好手掌心大小的細長型火柴盒。盒子上畫了奇妙的圖案，用裝飾文字寫著「夢想火柴」。

「用法就如同剛剛傳單上所寫。通常我會收取一些費用，但這個可以免費給你。因為我們的商品好像給你添了一點麻煩。」

圭介很驚訝。因為男人身後不知何時竟出現了一間看似雜貨店的店面。嵌有大齒輪的沉重門扉縫隙間，隱約透出了店裡的燈光。白色螢光發出幽暗光芒的招牌上寫著「黃昏堂」。什麼時候走到這種地方來的呢？

圭介打算把火柴盒還給那個看似店主的男人。

「這樣不太好，我可能不想見到想見我的人。」

肩上停著一隻黃銅鳥的男人盯著圭介說：

「我們店裡的雜貨，如果用法正確並不會給別人帶來困擾。但偶爾會有客人搞錯使用方法。寄給你的信上貼的是【任意郵票】，原本是設計來確認下落不明的人是否安全，但並不是用來把自己單方面的想法強加在對方身上，或者隨便送給不懂事的幼小少女。可是既然已經發生了意外狀況，我就得負起責任善後。我跟我的鳥在千鈞一髮之際救下了少女一家，至於你，我想最好把這個交給你。」

圭介看著手裡留下的火柴盒，感覺好像做了一場不可思議的夢。

一回神，男人跟雜貨店都消失了，夜幕已經降臨街頭。

回到公寓掏掏口袋，確實有那個火柴盒。不過他還是覺得那個消失的男人跟雜貨店並不存在於現實中。怎麼可能有那種魔法般的道具。

那封信封上沒有寫地址的理由，就是那個女性人直接來到圭介公寓，把信丟進郵筒裡。一定是這樣。

「寄信給下落不明對象的【任意郵票】？真是荒唐。」

圭介走進寒冷的房間裡，打開燈和瓦斯爐準備吃飯。他把輕便瓦斯爐放在折疊小書桌上。正要點火，才發現忘了買打火機。大概是被那個男人奇妙的氣質迷昏頭了吧。

「沒辦法，只好用這個火柴了。」

圭介打開男人給他的火柴盒，取出有著金色火柴頭的火柴。黑色火柴棍比一般火柴長了一倍多。

「只放了三根啊。為什麼特地拿這種東西給我呢？」

圭介不經意地劃下第一根火柴後，倒吸了一口氣。

因為母親出現在他眼前。已經不可能再見到面的母親，正隔著桌子坐在他對面，微笑地看著圭介說：「回來啦，今天很冷吧。」

圭介訝異地說不出話來，手上還點著火的火柴不小心掉了下去。

他用杯子的水淋在火柴上，咻地一聲，火藥被沾溼，火柴的火光消失。他抬起頭時，母親的身影也消失了。

「……剛剛看到的那是什麼？這火柴讓我做的夢嗎？」

圭介猶豫了一會兒，再次用【夢想火柴】點燃瓦斯爐。他心想，如果只有火柴，人馬上就會消失，但假如讓火光移到瓦斯爐上，應該可以維持久一點吧。

他的心願成真，母親出現了。是圭介印象中那個溫柔和藹的母親。

就算無稽荒唐、就算是夢也無所謂。只要過世的母親可以出現就好。

瓦斯爐上開始煮滾的鍋發出嚕咚嚕咚的聲音。

隔著桌子，圭介跟母親聊起往事。他們聊到小時候、聊到國中入學典禮的回憶，還有當時熱衷投入的足球隊活動。

母親知道圭介克服難關順利考上期望的大學很為他高興，也鼓勵了靠獎學金和打工維持生活的他。正因為求職不順利有點頹喪的圭介，想到自己經常翹大學的課，頓時覺得很難為情。

「……以前真的很對不起……」

圭介心裡有道不盡的後悔。該怎麼把自己這些愧疚傳達給突然出現的母親呢？

四年前的冬天，母親突然過世。當時圭介才十七歲。受到壞朋友的影響，他不再熱衷社團，過著漫無目標的高中生活。沒有父親的單親家庭裡，母親整天忙於工作，他對母親的態度冷淡，也經常不回家。

圭介永遠忘不掉那天母親留下的最後一句話。

「路上小心啊，今天回家一起吃熱騰騰的晚餐吧。」

圭介出了家門，沒有回頭看母親一眼。他在外面晃了很久，終於回到家時，看到母親倒地不起，家裡燈火都還亮著。外面積了雪，一點熱氣都沒有的房間裡冷到沁入骨髓。桌上放著一個小小的瓦斯爐和鍋子。母親一直在這裡等著遲遲不回家的圭介，只希望在寒冷的夜裡，讓他吃一頓熱騰騰的溫暖飯菜。

「……真的、真的很對不起……媽……」

圭介眼中溢滿淚水。儘管心中有很多話想說，千頭萬緒卻讓他語塞，什麼也說不出來。

當時他只在乎無謂的虛榮和自尊，卻失去了真正重要的東西。

打從心裡為圭介著想的母親，就這樣帶著寂寞和痛苦，一個人孤零零地走了。這種難以彌補的後悔，一直折磨著圭介。

圭介低著頭，淚水沿著臉頰滑下來。母親溫柔地對他說。

「我知道圭介真正的想法，所以你不用擔心。你從小就是這樣，善良溫柔，但是很害羞。謝謝你給了媽媽數也數不清的幸福……」

就在這時，有人敲了玄關的門。一個女人的聲音傳來。

「圭介，你還好嗎？便利商店的店長要給你感冒藥，我幫你拿來了。」

唯一知道圭介地址的，是從小一起長大的香繪。她上的是另一間大學，但偶爾會來圭介打工的地方找他。有著開朗笑臉的香繪，總是讓人覺得在她身邊很安心。

「媽，妳等一下。是香繪，妳還記得吧？」

說著，圭介站起身來，用運動衫的袖口擦掉眼淚，來到玄關推開門。脖子上纏了好幾圈圍巾的香繪，吐著白色氣息將便利商店的購物袋遞給圭介。她頭髮上還沾著雪。

「拿去，你的感冒藥。熱咖啡和肉包是我給你的，吃點熱的，暖暖身體。」

「這麼冷的天，謝謝妳啊。我以為妳回老家了，沒回去啊？」

聽到圭介這麼說，香繪有點羞澀地低下頭：「對啊。」

「我想說你可能會想去神社新年參拜。去年你不是說過嗎？所以在想要不要邀你一起去。不過你都感冒了，再說你房間裡好像有人在。那就先這樣，保重身體喔。新年快樂！」

圭介下意識地叫著正要轉身的香繪。

「我的感冒沒事啦。要不要進來一起吃晚餐。其實我現在……」

可是圭介回頭時，已經沒看到母親的身影。瓦斯爐的火滅了。

他急忙找出家裡儲備的瓦斯罐裝好。正要劃下火柴時，圭介停下了手。這是最後一根火柴了。

香繪還站在玄關，愣愣地說。

「欸，我剛剛看到一個很溫柔的女人，就坐在你桌子對面。她一直看著我，親切地對我微笑。跟我回憶中你媽媽的樣子很像……」

真的不是只有自己才能看到的幻影，圭介這才放下心。母親真的在。

「對，是我媽。我說了妳可能也不相信，不過……」

圭介把一切都告訴了香繪。「黃昏堂」、火柴，還有出現在眼前的母親。

「我從媽身上獲得好多，但是卻沒有什麼可以報答她的。」

安靜聽著圭介說話的香繪，體貼地柔聲對他說：

「沒有這回事。因為【夢想火柴】的火光，是用來呼喚想見圭介的人對吧？這就表示你媽媽很想見你啊。我覺得她一定是想告訴你，她以前過得很幸福吧。」

「謝謝。我也覺得如果是這樣就好了。」

圭介微笑地看著香繪。香繪羞紅了臉，小聲說：

「那個……不知道為什麼，我也突然覺得很想見你。【夢想火柴】是不是對活著的人也有效啊……？」

五年後的春天。香繪有點緊張地仰頭望著站在身邊的圭介。

「圭介的媽媽，會替我們開心嗎？」

「那當然，她一定會很高興的。」

圭介凝視著香繪，揚起嘴角對她點點頭。

調暗了燈光的結婚典禮會場，聽到主持人的聲音。

「接下來，我們邀請新郎新娘共同點亮燭火。請各位給兩位新人熱烈的掌聲。」

圭介的母親出現在會場裡。她看著兩人，臉上掛著溫柔的笑，不住地點著頭，眼中閃爍著淚光。

「謝謝妳，媽。」

圭介輕聲對母親這麼說，執起穿著美麗新娘禮服香繪的手。

用最後一根火柴點亮的蠟燭火光，正溫柔地搖曳著。

男朋友氣球

千紗跟最喜歡的翔太分手理由只有一個。因為翔太是全高中最受歡迎的男生。跟一個搶手男生在一起的平凡女生，有數不清的煩惱。

翔太提出跟她交往的要求時，千紗因為太過訝異，差點被吃到一半的便當噎到。因為千紗只是單戀翔太的眾多女生之一。

也難怪身邊的女生都紛紛攻擊：「她憑什麼？」

即使充滿自信的女生們接近翔太，把千紗當透明人，她也努力表現得不在意。就算被包圍翔太的女生們推擠到圈圈外，她還是願意相信他帶著笑容說的那句「跟千紗在一起覺得好安心」，而一路忍耐下來。

但千紗還是看到了。她看到翔太和一個跟千紗正好相反的類型——也就是媲

美模特兒般又瘦又可愛、打扮時髦的他校女生——感情融洽地手拉手走在路上。還沒從這個衝擊中冷靜下來，她又看到放學時一輛高級轎車緊隨著翔太停下來，車窗打開，一個戴著黑色太陽眼鏡的成熟女人開口：「你要上車吧？」翔太搭上了那輛黑色轎車離開，千紗從暗處偷偷地看著這一切，雙腿頓時虛脫無力。千紗虛弱地癱軟在地，大顆大顆的淚水掉了下來。「不行，我再也受不了了……」

「謝謝你之前願意跟我在一起。再見。」打了這段簡訊後，她拒絕了翔太追問分手理由的所有聯絡。她跟翔太雖然念同一所高中的二年級，但是千紗念文科班、翔太念理科班，兩個人的校舍不同。只要夠小心，就不會在學校裡見到彼此。只要不看到對方的臉、不聽對方的聲音，失戀的傷痛就會漸漸痊癒吧。

「翔太對平凡的我來說，就相當於吃不起的高級晚餐。我現在就像是吃完在商店街抽獎抽中的豪華餐廳全套晚餐後拉了肚子一樣……」

做出這個結論後，她勉強自己將心上開的那個大洞封起來，可是放學時千紗剛好撞見翔太。翔太似乎埋伏在校門口等她。

「為什麼要分手？給我一個可以說服我的理由。」

「那個、那個……我……我決定跟其他人在一起了。所以……」

脫口而出的這句謊言，多少有點愛面子的成分在。

「妳交了新男朋友？騙人的吧？我才不相信。」

確實，這話聽起來一點可信度都沒有。於是千紗還加上了具體的行動規畫。

「明天不是星期六嗎？我們會一起去遊樂園玩……」

她向來不擅長說謊，所以越說聲音越小。盯著千紗看的翔太認真地說：

「如果是真的，到時把妳跟他的約會照片放上社群啊。這樣我就相信妳。」

「喔、喔，好、好啊……我知道了……」

跟翔太分開後，千紗踏著沉重的步伐走上歸途。她真的不曉得該怎麼辦才好。

如果拜託班上男生假扮男朋友，可能馬上就會被看穿。

「還是隨便找個理由，說去不成遊樂園了……」

拖著沉重腳步走在路上，千紗腳邊吹來一張老舊的傳單，一直貼著她腳邊。

「這什麼？【男朋友氣球】？吹氣之後看起來跟真人一模一樣……？」

抬起頭，她下意識地環視周圍。傳單上畫著齒輪圖案和「黃昏堂」這個店名。黃昏時分的街角，出現了一間之前從沒看過的小店。

「不可能吧。再怎麼樣也不會有跟人長得一模一樣的氣球。」

回家之後她在自己房間打開【男朋友氣球】的包裝。裡面放了一個手掌心大小的氣球，還有一個附有長長吹管的手動打氣筒。

「我看看……只要短短一瞬間就會膨脹，接著之後就會一直維持膨脹的狀態。」

長得幾乎要比翔太帥的年輕店主剛剛是這麼對千紗說明的：「氣球膨脹之後，看起來跟真正的人類一模一樣，使用上還請特別小心。」

「好吧，總之先吹起來再說……」

她將打氣筒的管子塞進氣球口。按壓幾次打氣筒後，氣球突然膨脹。一個男人就像變魔術般「砰!!」地跳出來，現身在千紗眼前。

「哇！你是誰！」

倉皇慌張的千紗面前，一個高個子男人面露溫柔的微笑，什麼也沒回答。

因為長得實在太像人，千紗一時忘記這是氣球。

光滑的肌膚、滑順的頭髮、端整的五官。這氣球不僅長得像人，不管從前後左右哪個角度看，都俊朗得完美無瑕。脖子後方印著小小的「KT型」，但連一身時尚打扮看起來都栩栩如生。

千紗愣住，拿著氣球的手鬆脫無力。於是氣球男子輕飄飄地往空中浮起。就像是身在無重力空間的太空人一樣，慢慢地旋轉。他的背一抵住天花板，頭和手腳就自然地垂下來。這氣球男子什麼話也沒說，只是靜靜地笑著。

千紗伸長背脊抓住氣球人的腳，輕輕往下拉。她完全感覺不到任何重量。氣球慢慢下降，以腳著地。

「太詭異了吧……一定沒有人會發現這是氣球的。」

千紗決定帶氣球男子去遊樂園，暫時不去想之後該怎麼辦。

星期六天氣晴朗。走向遊樂園途中，很多人都對她投以好奇的目光，但似乎不是因為他們看出千紗帶著氣球走在路上。而是因為一個實在太帥的男孩跟一個普通的女高中生手牽著手走在路上，才勾起了大家的好奇。

「不過話說回來，這氣球做得還真精巧呢。」

氣球受到空氣阻抗，手腳自然地擺動了起來，看上去彷彿真的在走路一樣。自己走得慢他就動得慢、走得快他就動得快。

來到擠滿了親子檔跟情侶檔的熱鬧遊樂園，千紗讓氣球男子坐在長凳上固定好。他腰間兩側裝有掛鉤。她挽著身邊氣球男子的手臂，硬是擠出笑容來拿起手機自拍。

「哇，在照片裡看起來也跟真人一樣呢。太厲害了。沒想到這竟然不用錢。」

店主說，要用回憶來付費，但她並不覺得自己忘記了什麼，這不就等於免費嗎。當時千紗碰觸的玻璃球裡，出現了高速旋轉的灰色光束。

從智慧型手機畫面抬起頭的千紗「哇！」地大叫了一聲。因為翔太就站在她眼前。她因為太過驚嚇，心臟噗通噗通地發出很大的聲響。

「翔、翔太！你、你怎麼會在這裡？」

「因為她約我來啊。介紹一下，這是我朋友愛夏。」

翔太向千紗介紹了一個她以前從沒見過的女孩。對方長得很可愛。

「我們是第一次見面吧？我是愛夏，希望可以跟妳好好相處！」

千紗整顆心都被壓垮了。翔太跟愛夏隨意地牽著手。再怎麼看都不覺得他們只是單純的朋友。懷疑翔太「可能」三心二意的自己真是太蠢了。翔太根本「百分之百」是個三心二意的男人。

「妳好，愛夏。那我跟他要繼續去玩了，掰囉！」

她努力回應了對方的招呼，維持挽著氣球男子的姿勢不太自然地站起身。

（翔太說討厭遊樂園，從來沒跟我來過，但是卻願意跟別人來。）

眼淚差點要掉下來，她抬頭看著天空。真想快點回家好好痛快哭一場。她走向廁所，想去放掉氣球的空氣，翔太他們不知為什麼跟在後面。

「喂，幹嘛跟著我!?」

「……那邊有雲霄飛車啊，妳該不會也要去吧？」

「該不會？這是什麼意思？而且我們正要去那邊的女廁啊。」

「你們兩個一起去女廁？不會吧……」

「不、不是啦！不是廁所、是、是那前面的遊樂設施啦……」

廁所前面的遊樂設施只有雲霄飛車。看來已經無路可退了。

千紗忍住想立刻回家的心情，帶著氣球排隊，準備搭雲霄飛車。因為心情太過低落，她甚至沒有力氣回頭看排在身後的翔太他們。

輪到她了，千紗坐進雲霄飛車裡。她剛好坐到最後一排的座位，太好了，這麼一來就不用跟翔太他們搭同一個車廂。為了怕氣球飛走，千紗讓氣球人坐好後替他繫上安全帶。雲霄飛車馬上開始前進。

車子瞬間加速，軌道上的雲霄飛車轉了一大圈。

乘客紛紛發出笑聲和尖叫聲。景色飛速掠過眼前。

千紗忽然一驚，看看身邊，氣球男子正雙手高舉呈萬歲姿勢。兩隻手不停擺動，快到眼睛都追不上。

「對了！風一吹，他的手腳就會動！」

千紗急忙按住幾乎要從座位上浮起的氣球。她一邊尋找可以固定腰間掛鉤的地方，但一直找不到。氣球男子那張溫柔帥氣的臉，被猛烈的風壓吹到變形。

這巨大的落差讓千紗終於噗哧笑了出來。她實在忍不住了。

「不要給我看這種表情啊！啊哈哈哈哈，哇哈哈哈哈哈。」

千紗笑到鬆手，這一瞬間氣球男子被劇烈的風壓吹離座位。一邊微笑，一邊飛到空中。地上的人看到這幅景象都嚇到慘叫。

「天啊！有人被甩出去了！快叫警衛！」

遊樂園頓時一陣天翻地覆的騷動。千紗正打算跟保全人員說明事情經過，但一直結結巴巴怎麼都說不清楚。眼看著救護車跟警車都來了。

「他、他的名字嗎？他沒有地址啊。雖然長得很像人，但其實是氣球……」

這語焉不詳的說明怎麼可能有人會相信。就在千紗不知如何是好時，翔太撥開圍觀人群走了過來。他認真地對保全人員說：

「她說的是真的，那是最近很流行的人形氣球。」

說著，他放開身邊牽著的愛夏的手。只見她輕飄飄地浮起來，乘著風開始慢慢地旋轉，飛向藍色天空的另一端。

大家呆愣地嘴巴都合不攏，目送氣球遠去。千紗也跟眾人一樣驚訝。

「愛夏也是氣球？但她剛剛跟我說話了啊。」

「昨天回家時我在一間叫『黃昏堂』的奇妙雜貨店裡買到的。千紗的氣球不會說話嗎？大概是型號不同吧。我的型號是『I7』，妳的氣球領口上寫著型號

『ＫＴ』。剛剛在排雲霄飛車時我就發現了。我就覺得奇怪，千紗怎麼可能主動想搭雲霄飛車。妳不是說小時候搭雲霄飛車旋轉到一半停下來倒掛著，從此就產生恐懼嗎？」

「啊？是嗎？是翔太你說討厭遊樂園、不想去的吧。你說小時候因為老是被熱愛遊樂園的媽媽跟妹妹帶去，所以變得很討厭遊樂園。」

千紗這時忽然發現。

「這該不會就是用來換取氣球、被拿走的回憶吧？」

「原來真的拿走了我們的回憶啊。幸好跟千紗的回憶沒被拿走……」

看到翔太鬆了一口氣般的表情，千紗覺得一陣心動。她連忙回神振作。

「我也很慶幸沒有忘記翔太。但我們是不可能回到過去的。因為我已經看到你跟一個長髮的可愛女生挽著手走在一起，還有你坐進一個漂亮女人的黑色轎車裡。我再也不想經歷那種難過的心情了。」

「那應該是我妹跟我媽吧？她們老是這樣，很愛拖著我。」

「啊？你妹妹跟媽媽!?這麼說來確實感覺有點像！」

「我不是說過了嗎？我不喜歡那種太主動的女生。跟妳在一起真的覺得很放鬆、很自在。」

一切都說得通了。原來過去的一切都是千紗自己會錯意。

「對不起啊，翔太。好像都是我自己一個人在吃醋、空煩惱。」

「我也是啊。我實在太在意，忍不住過來偷看。幸好那傢伙不是妳的新男朋友。他長得也太帥了吧。」

翔太盯著千紗，對她微笑。

「我們沒有分手的理由了吧？既然難得來遊樂園一趟，一起去玩吧？」

「我一直夢想可以跟你一起來遊樂園玩，現在我已經敢搭雲霄飛車了。」

翔太牽起千紗的手，有點害羞地說：

「這樣就不會被風吹跑了，對吧。」

千紗紅了臉，點點頭：「嗯。」也回握了翔太的手。

回憶球

昏暗的店裡，可以聽到些微機械聲迴響，垂吊在低矮天花板的幾顆玻璃球發出不可思議的光。店主拿起玻璃球，就像在收成已經成熟的果實一樣，仔細地確認玻璃球最後的狀態。

透過形狀奇妙的護目鏡，他可以看見封存在玻璃球裡的各種回憶。可能是極為平凡的日常風景，也可能牽涉到事件或者犯罪的經過。

站在店主肩上的黃銅鳥盯著玻璃球，發出吱嘎叫聲。

「你說得確實有道理，但是要製作出最高級回憶球的機會相當罕見。你以為這些被我稍微加工過的破銅爛鐵，能交換到多了不起的回憶？」

聽到店主這些話，黃銅鳥有些不滿地發出叫聲，飛到一根長滿結節的棲木

上，開始粗暴地整理羽毛。一根金屬羽毛噹啷落到地面上。店主搖搖頭，無奈地撿起了羽毛，他看著鳥的紅眼睛說。

「沒有錯，如果高價賣出回憶球，或許我們就能快點回到原本的地方。但我可不想為了製造昂貴的回憶球，從客人身上偷偷抽取高於商品價值的回憶。要賺到足夠資金，還得等一段時間吧。在那之前最好好好愛惜你的身體。在這邊可不容易找到一樣的零件呢。」

這時，他聽見了敲門聲。店主轉頭望向入口，一位個子嬌小的老婦人怯生生地走入店內，深深低下頭。

「終於找到了，我聽過許多關於你們的傳說。這裡就是『黃昏堂』吧？」

「沒錯。很少有客人不靠傳單就能找到我們這裡，我想您想找到這裡的意念一定很強烈吧。」

有著一頭如雪白髮的老婦人僵著表情點點頭。

「我聽說這間店可以用回憶交換不可思議的雜貨，還能得到可以大大改變命運的東西。我有個很想要的東西。只要能拿到那個東西，把我人生所有回憶都給你也無所謂。」

黃銅鳥的身體興奮地膨脹了起來，在棲木上不住顫抖。

店主先喝斥了鳥一聲，然後認真盯著老婦人，想看穿她心裡在想什麼。

「在詢問您的心願之前，我必須先確認您的支付能力。如果是拿到傳單而來的客人，我大致知道對方有沒有適合店裡商品的回憶，不過……。」

店主看著老婦人樸素的打扮還有粗礪的指節，思忖著。

「請告訴我，您特別難忘的事，想到什麼都告訴我吧。」

佐江的一對雙胞胎弟弟很調皮，沒有一時半刻能靜下來。

父母親經營一間小乾洗店，工作一直很忙碌。

六年級的佐江得負責煮飯、打掃，還得照顧雙胞胎弟弟。幫一個穿了褲子，另一個卻脫了上衣；一個人在吃飯，另一個正把杯子裡的水潑在榻榻米上。

「真一、英二，你們安靜一點啦！」

「我們是在幫妳啊，這樣妳才不會運動不足啦。」

「姊，妳看，所以妳精神才這麼好吧？」

看到弟弟認真的表情，佐江差點就要噗哧笑出來。

「說什麼啦。快點吃飯。爸媽回來一定很累了。」

骨子裡個性開朗的弟弟們總是會逗笑佐江。生活雖然貧窮，但很幸福。直到那年一個炎熱夏天的傍晚。

弟弟們去海邊玩遲遲沒回來，佐江很擔心，這時一個鄰居男孩臉色大變地跑了過來。淚流滿面地說：

「佐江姊姊，不好了。阿真跟阿英他、他們在海邊……！」

老婦人視線望向遠方。

「才七歲吶。一個弟弟先溺水，另一個弟弟想去救他。我一直活在後悔當中。為什麼當時自己沒跟著去呢？為什麼讓兩個弟弟自己去海邊玩呢？」

「那不是妳的錯啊。」

聽了店主的話，老婦人虛弱地搖搖頭。表情陰沉。

「我從來沒有一天忘記那件事。我父母親深沉的悲哀，都是我的責任。他們同時失去了兩個心愛的兒子，我決定要一輩子在他們身邊當他們的支柱。我很晚才結婚，是因為等到替父母親送完終。但是有個人不嫌棄這樣的我，在父母親過世後幾年，我們結婚了，也沒舉辦婚禮，兩個人在一間小公寓裡開始的生活，過得很幸福……」

「佐江，我們領養個孩子怎麼樣？有個從小就沒了父母親的女孩，那孩子能不能跟我們一起變得幸福呢？」

丈夫幸雄的溫柔讓佐江掉下眼淚。她的年紀已經很難有孩子，但是她心底一直有著想當母親這個說不出口的願望。

「當然，我們一定可以過得很幸福。因為她有一個體貼又勤奮的爸爸。」

佐江和幸雄收養了那個無依無靠的女孩，悉心將她養育長大。日子過得簡單卻幸福。就在她以為這樣的幸福可以永遠持續時，不幸的悲劇突然降臨。幸雄在工作地點遭逢意外，從此天人永隔。

佐江再次痛失所愛。但她不能一直消沉下去。因為她得靠自己養大年幼的女兒美紀子。

老婦人說。

「儘管如此，我從來都沒覺得苦。女兒個性單純開朗，總是能讓我露出笑臉。不管是愛跟我撒嬌的弟弟，擔心我遲遲不結婚的父母親，還是一直在身邊支持我的丈夫，都帶給我很多幸福。我腦中回憶起的，全都是日常生活中那些微不足道的風景。家人感情融洽地生活的那個小房子、熱騰騰的飯菜、美麗的夕陽還有早晨清澈的空氣和風，滿天燦爛的星空。看到女兒穿上新娘禮服的樣子時，我滿心覺得幸福。可愛的孫女瑞希出生的時候，我心裡不知道有多高興。瑞希跟我女兒小時候簡直一模一樣。既開朗又活潑，是個很溫柔的孩子。一星期前，她剛滿十四歲。如果健康順利，春天她就要升上二年級了。」

這時老婦人抬起頭來，愁苦地看著店繼續說：

「瑞希已經在醫院病床上躺了一年多。跟我弟弟一樣，溺水了。雖然保住一命，但是意識一直沒有恢復。醫生說，瑞希有可能就這樣一輩子都醒不過來。」

瘦骨嶙峋的手哀求般地合十，老婦人懇求店主：

「我實在沒有其他辦法了。請你讓瑞希恢復意識、過上她原本應該有的人生吧。我女兒就像當初失去弟弟的我一樣，一直很自責、很痛苦。只要能讓大家重拾笑臉，我怎麼樣都無所謂。」

背負著深沉悲哀的老婦人細瘦的肩膀微微地顫動。店主平靜地說：

「在我們店裡，有一樣特別貴重的東西。」

他拿起貨架上一個小盒子，放在販售台上。仔細打磨的黃銅盒上加上了纖細的裝飾，盒子上還鑲嵌著從沒看過的美麗寶石。

「這個盒子有特殊的機關，放在裡面的東西可以永遠保持鮮度。」

小盒子裡有一個像玻璃般透明的超小膠囊。

「這個膠囊裡放了【甦醒之水】。這種特別的水可以喚回脫離身體的靈魂。只要把這種水含在口中，一定可以恢復意識，重新找回失去意識之前的身心狀況。但是我並不太確定真正的效果。因為【甦醒之水】十分貴重，不能輕易試用，所以才這麼昂貴。」

「我能給你的，只有這些微不足道的人生回憶。我知道這可能不足以交換這麼珍貴的水，但是……」

店主平靜地打斷老婦人沒說完的話，將小盒子遞了出去。

「您拿去吧。但代價會是您所有的回憶。失去了回憶之後，您就跟廢人沒有兩樣。這一點您已經做好心理準備了嗎？」

老婦人馬上點頭。她的表情沒有一絲猶豫。

黃銅鳥在棲木上亢奮地蠢蠢欲動。

「我活到現在已經夠幸福了，人生沒有什麼遺憾。」

「好的。我答應您，會代替您把【甦醒之水】送給您在醫院裡的孫女。那麼請您摸著這顆玻璃球，閉上眼睛。」

老婦人點點頭，站了起來，雙手摸著店主放在販售台上的透明玻璃球，閉上了眼睛。各種顏色的光被吸進玻璃球裡，慢慢開始旋轉，最後整顆玻璃球充滿了彩虹色光芒，發出美麗又不可思議的光線。

「那掰囉。明天學校見！」

瑞希對同行的朋友揮揮手，坐在公園邊面對馬路的公車站長凳上。她把書包放在膝上，這是外婆送給自己的國中入學禮物。

「去安養中心的公車一小時只有一班，一邊看椎名借我的書一邊等吧。媽說晚飯要做漢堡肉，好期待喔。」

本來以為附近沒有人，不斷自言自語的瑞希，忽然發現有個年輕男人坐在旁邊，頓時羞紅了臉。因為她剛剛連家裡晚餐的菜色和自己暗戀鄰座男孩的名字都說出來了。

這個身穿白襯衫、套著暗色風衣的男人翹著腳坐著，腳邊隨意放著一個大行李箱。行李箱把手附近有許多組合鑲嵌的齒輪裝飾。

男人俊美的側臉讓瑞希不由得看得入神，這時他忽然轉向瑞希。

「要去探病嗎？」

對方突然搭話，讓瑞希的臉更紅了。她害羞地低下頭，小聲地回答：

「對、對啊，要去看我外婆……我最喜歡的外婆住在安養中心裡，她住院剛好滿一年。每次我去，她都會開心地笑。雖然她什麼都不記得。」

男人點點頭。

「如果不介意，能不能多跟我聊聊妳外婆？」

他盯著瑞希，像是在鼓勵她開口。看到他的表情就有種很不可思議的心情。

好像之前曾經見過這個人一樣。以前是不是曾經在哪裡見過這個人沉穩的視線呢？

「……我覺得……我這條命應該是外婆救的。聽起來可能很奇怪，不過……」

瑞希對認真傾聽的男人，說起發生在自己身上的事。

「一年前，我忽然從漫長的沉睡中甦醒。睜開眼睛最先看到的景色，就是跟現在一樣顏色的夕陽餘暉。也就是大家所謂的黃昏暮色吧。我呆呆地看著那道混合了橘色跟粉紅奇妙顏色的光，耳邊聽到了一個聲音。瑞希醒了、奇蹟出現了。是我母親的哭聲。我因為意外溺水喪失意識，已經躺在醫院病床上昏迷了一年多。當時爸爸馬上跑到我身邊，看到從床上起身的我非常驚訝，爸媽兩個人又哭又笑的，我自己也覺得很不可思議。印象中，不久之前我還跟朋友在海邊玩，但那竟然已經是一年多前的事了。我就好像睡了一場好覺、早晨清醒一樣，覺得神清氣爽。身邊的每個人我都還記得，身體也能正常活動。醫生說，這簡直是奇蹟。」

男人點點頭。瑞希忍著悲傷低下頭。

「但是外婆她……外婆卻突然……」

瑞希甦醒的那天，外婆一個人坐在同一間醫院的候診室裡。

沒有人知道她為什麼會在那裡、發生了什麼事。

「外婆失去了所有的記憶。直到那天早上，大家都說以她的年齡來說，她精神狀況相當好。那天一定發生了什麼。」

「妳所謂的『什麼』，是指？」

聽到男人的問題，瑞希彷彿陷入回憶當中：

「仔細想想這實在太奇妙了。我相信一定是從小就很疼愛我的外婆，透過某種方法救了我。我奇蹟式地甦醒，但是外婆卻在同時喪失了她的記憶，有人說那一天曾經在街上看見外婆。那陣子附近流傳著很奇妙的傳聞。聽說只要能找到只在黃昏時分出現的奇妙店家，任何心願都有可能實現。不過實現心願的代價，就是會失去回憶。」

「所以說妳覺得外婆發現了那間店，用自己的回憶交換讓妳甦醒，是嗎？」

「對。」

瑞希輕輕點頭。

「我……我在恢復意識之前做了一個夢。有個男人站在病床邊對我說：『交易已經成立，妳可以獲得【甦醒之水】。』停在他肩膀上一隻看起來很像機器的鳥飛到我枕邊，在我嘴裡放了一個小小的東西。冰涼的液體在我嘴裡擴散開來，這時我忽然驚醒，睜開了眼睛。……那個液體就是外婆在那間不可思議的雜貨店裡拿到的特別東西，我相信那就是【甦醒之水】。」

黃昏暮色中，瑞希盯著年輕人。

「跟你說這些不好意思啊。但是總覺得我好像認識你。因為你跟出現在我夢裡的那個人長得很像……」

「在這種黃昏時分，可能大家都很容易有這種心情吧。」

說著，男人微微一笑，從放在腳邊的行李箱拿出一個皮製的盒子給瑞希看。

「我想謝謝妳跟我說了這些故事。妳從這裡面拿一個吧。」

盒子整齊排列著很多玻璃球，美到讓瑞希忍不住屏息。每一顆玻璃球都散發著過去從來不曾看過的奇妙光芒。男人看著瑞希。

「由妳來選吧。」

「我嗎……？真的可以嗎……？」

每顆玻璃球都有著不同的美。但其中有一顆玻璃球充滿著十分獨特的美，那顆球發出的光芒深深吸引了瑞希。

「如果可以的話，我想要這個。」

看到瑞希挑選的玻璃球，男人微微點點頭。

「這顆玻璃球很特別，花了一整年時間才終於完全乾燥。裡面塞滿了漫長人生中飽含豐富情感的回憶，是頂級的美麗作品。我的顧客們為了感受這種潔淨無瑕的光，不管多高的代價都願意支付。——但是這顆球在呼喚妳。」

他將那顆散發美麗七彩光芒的玻璃球放在瑞希手中。

「帶著這顆回憶球去探望妳外婆吧。轉動這玻璃上的小齒輪將它取下，再讓外婆吸進冒出來的光霧，說不定會有不可思議的事發生喔。比方說，可以找回這個人失去的所有回憶。」

瑞希驚訝得說不出話，愣愣地盯著眼前的男人。

彩虹色的光芒在她雙手中顯得更加燦爛耀眼。

男人那對漆黑美麗的眼睛凝視著瑞希，平靜地說：

「我這個人很容易三心二意。最好趁我還沒改變心意之前，快點收下喔。」

前往安養中心的公車已經停在眼前。瑞希跟男人道了好幾次謝後站起來。

「請問……你要去哪裡？」

瑞希忍不住問，但男人依然坐在長凳上，微笑地回答：

「興之所至，前往下一個黃昏暮色的城市。」

不知哪裡飛來了一隻黃銅鳥，停在年輕人肩上。

踏上公車階梯的瑞希，鼓起勇氣回頭對男人說：

「你果然是當時的……」

但是眼前已經不見任何人的蹤影。

後話 EPILOGUE

——喂喂喂，你聽說那間不可思議的雜貨店了嗎？

——聽說了聽說了。好像叫「黃昏堂」對吧？最近這附近好像有人看過呢。

——真的嗎？有人去過嗎？

——不是住這附近的啦，我哥的朋友住在隔壁城市的表哥他女友的妹妹……

——又來了，關係很遠的朋友的朋友。（笑）

——可是好像真的有這回事耶。聽說她拿到一份【怪談集點遊戲】，把透明膜片疊在地圖上，就會依序出現靈異景點。

——聽起來很有趣耶，我也想要。（笑）

——那女生跟朋友三個人想說在放學後的學校隨便玩玩，然後三個人同時失蹤了。

——不會吧？變成永遠逛不完的靈異景點？（笑）

——後來她們怎麼了？該不會一直沒回來吧……

——那三個人好像找到重設鍵，平安回來了。

——對啊對啦。故事編得很辛苦吧。

——……是真的啦。我碰巧撿到了那張地圖，昨天一個人去試了。

——喔？（笑）那你現在在哪裡？

——我也不知道……很暗的地方……該怎麼回到原本的世界啊……？

——迷路的孩子出現了。（笑）

——我去街上找一下雜貨店。

——我也想去！大家一起去吧！

——重設鍵在哪裡……？我想回去。救救我……救救……我……

——等一下。我剛剛就一直想問了。……你是誰？

Illustrations by FUSUI

First original Japanese edition published by PHP Institute, Inc., Japan.

Traditional Chinese translation rights arranged with PHP Institute, Inc., Tokyo

in care of Japan UNI Agency, Inc. Tokyo

ISBN 978-626-396-072-5

Printed in Taiwan.

心想事成雜貨店 黃昏堂1／桐谷直文；詹慕如譯. -- 初版. -- 臺北市：時報文化出版企業股份有限公司, 2024.04-

200 面；14.8×21公分

ISBN 978-626-396-072-5（第1冊：平裝）. --

861.596　　113003593

心想事成雜貨店 黃昏堂 1

作者　桐谷直｜插畫　FUSUI｜編輯製作　株式会社 童夢｜內文設計　根本綾子（Karon）｜譯者　詹慕如｜主編　王衣卉｜行銷主任　王綾翊｜校對　陳怡璇｜裝幀設計　倪旻鋒｜排版　唯翔工作室｜總編輯　梁芳春｜董事長　趙政岷｜出版者　時報文化出版企業股份有限公司　108019 台北市和平西路三段240 號　發行專線—(02)2306-6842　讀者服務專線—0800-231-705・(02)2304-7103　讀者服務傳真—(02)2304-6858　郵撥—19344724 時報文化出版公司　信箱—10899 台北華江郵局第 99 信箱　時報悅讀網—http://www.readingtimes.com.tw｜電子郵件信箱—yoho@readingtimes.com.tw｜法律顧問　理律法律事務所　陳長文律師、李念祖律師｜印刷 勁達印刷有限公司｜初版一刷　2024 年 3 月 29 日｜初版二刷　2024 年 7 月 8 日｜定價 新台幣三〇〇元｜

時報文化出版公司成立於一九七五年，並於一九九九年股票上櫃公開發行。
於二〇〇八年脫離中時集團非屬旺中，以「尊重智慧與創意的文化事業」為信念。

作者簡介

桐谷直

新潟縣出身。以兒童書或學習參考書為主，廣泛撰寫各領域作品。特別擅長不可思議的風格和神祕故事，在熱門系列《結局你一定會大叫「怎麼可能！》（PHP研究所）中收錄了許多極短篇跟短篇。本作《心想事成雜貨店 黃昏堂》是作者首部連作短篇集。

插畫簡介

FUSUI

插畫家。作品有《又藍又痛又脆》（角川）、《藍色起跑線》（POPLAR社）等，曾經手許多書籍的裝幀與插畫。具有豐富細節的鮮活背景，光與透明感、空氣感等，獨特的筆觸為其特徵。

官網：http://fusuigraphics.tumblr.com

譯者簡介

詹慕如

自由口筆譯工作者。譯作多數為文學小説、人文作品，並從事各領域之同步、逐步口譯。

臉書專頁：譯窩豐 www.facebook.com/interjptw